忘れたい恋だとして

おもな登場人物

ケリー（ケル）・クリスチャン――ウェイトレス
ライアン・ビアズリー――ケリーの元婚約者。リゾート開発会社経営者
ジャロッド・ビアズリー――ライアンの弟
ラファエル・デ・ルカ――ライアンの友人、ビジネスパートナー
デヴォン・カーター――ライアンの友人、ビジネスパートナー
キャメロン（キャム）・ホリングスワース――ライアンの友人、ビジネスパートナー
ロバータ・マクスウェル――ライアンの家族ぐるみの知人

1

「結婚制度のすばらしさを信じてしまいそうだよな」ライアン・ビアズリーは、友人のラファエル・デ・ルカが、輝くばかりに美しい花嫁ブライアニーと踊る様子を見ながら言った。

披露宴はムーン・アイランドの小さく地味な建物でおこなわれていた。仲間の誰かがこんなところで結婚披露宴を開くとは、ライアンは想像していなかったが、ラファエルとブライアニーが、愛をはぐくんだこの島で結婚するのは自然なことだと思う。

花嫁は光を放ち、ふっくらとしたおなかが彼女の美しさに輪をかけている。にわかに設《しつら》えられたダンスフロアの真ん中で、ブライアニーはラファエルの頼もしい腕にすっぽりと包まれていた。ふたりはお互いしか目に入らないようだ。

「あんまり幸せそうでむかつくな」隣でデヴォン・カーターが言った。

ライアンは軽く笑ってデヴォンを見た。彼は片手にワイングラスを持ち、もう一方の手をスラックスのポケットに突っこんでいる。

「いや、ほんとに幸せそうだ」

デヴォンが唇をねじ曲げて不快感を示すと、ライアンはまた笑った。デヴォン自身、祭壇への通路をおごそかに歩く日は遠くないのだが、彼はそれを潔く受け入れようとしない。ライアンはそんな友人をからかわずにはいられなかった。

「コープランドがまだ圧力をかけてきてるって？」

「そうなんだよ」デヴォンがつぶやく。「彼は僕をアシュリーと結婚させると決めている。僕がうんと言うまでくじけないだろう。あの男は自分が十九世紀に生きてるつもりなんだよ。いまどき娘の結婚の段取りをつけるやつがいるか？　それに、いったいどうして結婚をビジネスの条件にする？　理解不可能だ」

「結婚相手として、もっとふさわしくない女もいる」ライアンは自分が危うく罠にかけられそうだったことを思いながら言った。

デヴォンはライアンの気持ちを思いやって顔をしかめた。「ケリーの消息はまだわからないのか？」

ライアンは眉をひそめ、首を振った。「ああ。でも、捜し始めたばかりだし。そのうち見つかる」

「なぜ捜す？　ケリーのことは忘れろ。先に進むんだ。あの女はいないほうがいい。おまえはこの件にかまけて気もそぞろだ」

ライアンは口もとをゆがめて友人の顔を見た。「いないほうがいいのはわかってる。自分の人生に再び迎え入れたくて捜しているわけじゃない」

「だったらなんで探偵を雇って捜させてる？　過去は過去のままにしておけ。乗り越えて前に進めよ」

ライアンはしばらく黙っていた。答えることのできない質問だ。ケリーの居所を知りたいという強烈な気持ちを、どう説明すればいい？　彼女は何をしているのか。元気でいるのか。僕が気にすることではないが。彼女のことはすべて忘れるべきなのに、それができないのだ。

「いくつか確かめたいことがあってさ」ライアンはようやくつぶやいた。「彼女は僕が渡した小切手を換金していない。彼女の身に何も起きていないことを確認したいだけなんだ」

われながら苦しい言い訳だ。

デヴォンは一方の眉を引き上げて、高価なワインをひと口飲んだ。「彼女はあんなことをやってしまった自分をすごくばかだったと思ってるはずだ。僕だったら、顔も見せたくないな」

ライアンは肩をすくめた。「そうかもしれない」だが、それだけではないという思いを振り払うことができなかった。

〝なぜ彼女は小切手を換金していない？〟

ケリーのことが頭から離れない。半年のあいだ、僕は彼女を罵りつつ、どこにいるのか、無事なのかどうか、夜も眠れずに考えていた。彼女のことが気になる自分がいやでたまらない。

デヴォンが肩をすくめた。「時間と金を費やすのはおまえの勝手だけどな。お、見ろよ、キャムだ。ミスター世捨て人が披露宴のために安全な砦《とりで》から這《は》い出してくるとは思わなかったな」

キャメロン・ホリングスワースが人混みを肩で押しのけるようにして歩いてきた。人々が反射的に道を空ける。上背があり胸が広い彼は、ほかの人々が衣服を身につけるように、力強さと優雅さをまとっている。その冷徹な態度は人を寄せつけないが、友人たちと一緒のときはたいてい肩の力が抜ける。

ただし、彼が友人と見なす人間は、ライアンとデヴォンとラファエルだけだ。ほかの人間に対してはあまり忍耐力を持ち合わせていない。

「遅れてすまない」キャムがふたりに近づいてきた。ダンスフロアに目をやり、ラファエルとブライアニーのところで視線を留めた。「式はどうだった？」

「ああ、じつにすばらしかったよ」デヴォンがのんびりと言う。「あれは女性が憧れるすべてだね。ラファエルは最終的にブライアニーが自分のものになるならどうでもよかっただろうが」

キャムは軽く笑った。「気の毒なやつだ。おめでとうと言おうかご愁傷さまと言おうか、迷うところだな」

ライアンがにやりとした。「ブライアニーはすばらしい女性だよ。妻にできるあいつはラッキーだ」

デヴォンがうなずき、キャムでさえほほえんだ——口角がわずかに上がるのを微笑と呼べるのであれば。すると、キャムが目を意地悪そうに光らせてデヴォンに言った。

「噂《うわさ》では、おまえが祭壇に向かって歩く日も遠くないそうじゃないか」

デヴォンは小声で下品に罵った。「僕の話で結婚式をぶち壊しにするのはやめようぜ。僕はおまえがわれわれのホテルの新しい用地を獲得できたかどうかのほうに興味があるな。ムーン・アイランドはいまや公式に破綻してる」

キャムは眉を引き上げて大げさにショックを表した。「僕を疑うのか？　教えてやろう。

セント・アンジェロの海沿いの一等地二十エーカーがいまやわれわれのものだ。かなりいい取引をしたよ。それに、作業員を投入できたらすぐに建設が始まる。本気でがんばれば、グランドオープンに向けての最初の期限にかなり迫りそうだ」

彼らの視線は自然に、いまだ花嫁を腕に抱いているラファエルへと向けられた。そう、あの男がムーン・アイランド開発事業を打ち切ったことで、大きな後退を余儀なくされたのだ。だがラファエルがあれほど幸せそうな顔をしているときに、そのことで憤慨するのは、ライアンには難しかった。

ライアンのポケットが振動した。携帯電話を取り出し、発信者を見たライアンは、それを無視したくなった。「失礼、ちょっと電話に出てくる」

手を振るキャムとデヴォンに送り出され、ライアンは急いで建物を出た。外に出たとたん、海風が髪を乱し、潮の香りが鼻腔《びこう》を満たす。

ライアンは遠くの波に目をやり、携帯電話を耳に当てた。

「ビアズリーだ」そっけなく名乗る。

「どうやら見つかったようです」雇った探偵が前置きなしで切り出した。

ライアンは緊張し、指がしびれるまで電話を握りしめた。

「どこにいた?」

「時間がなくて、まだ顔を見ての確認はしていないのです。しかし、まずはご報告すべきだと思いまして。明日にはもっといろいろわかるはずです」

「どこだ？」ライアンは再び強い口調で尋ねた。

「ヒューストンです。街の食堂で働いています。彼女の雇い主が間違った社会保障番号を申告し、その訂正をしたときに、私のレーダーに引っかかりました。明日の午後には写真と詳細な報告書をお送りします」

ヒューストン。その皮肉がこたえた。ここのところずっと近くにいたのに、そうと知らなかったとは。

「いや」ライアンはさえぎった。「僕が出向こう。いますでにテキサスにいるんだ。二時間もあればヒューストンに行ける」

「しかし、本人ではないかもしれません。無駄足を踏まれることのないよう、まず私が確かめます」

ライアンはいらいらと言った。「もし違っても、君に責任を取らせたりはしない」

「私は部下を近づけないほうがよいでしょうか」

ライアンは口を引き結び、携帯電話をさらに強く握りしめた。「ほんとうにケリーなら、見ればわかる。もし違ったら知らせるから、引き続き捜索を頼む。人をよこす必要はない。

僕ひとりで行く」

ライアンは篠突《しのつ》く雨の中、ウェストハイマーの町を通過した。目的地はケリーがウェイトレスをしているヒューストン西部の小さなカフェだ。

驚くことではない。彼女は僕と出会ったとき、ニューヨークのはやりのカフェでウェイトレスをしていた。だが、僕が書いてやった小切手があれば、とうぶんのあいだは働かずにすんだはずだ。きっと学校に戻っていただろう。婚約したときも、彼女はクラスを修了して学位を取りたいと熱心に言っていた。

〝なぜ彼女は小切手を換金していない？〟

ラファエルとブライアニーに心から祝福を送ったあと、すぐにガルベストン行きのフェリーに乗った。キャムとデヴォンには、ケリーが見つかったことは言わず、大切な仕事の用事ができたとだけ伝えた。ヒューストンに到着したころには夜もだいぶ更けていたので、ダウンタウンのホテルで眠れぬ一夜を過ごした。

今朝起きたとき、空は灰色の雲に覆われ、ホテルを出てからも、雨は一瞬もやむことがなかった。

ライアンはGPSに目をやった。目的地まで、まだ数ブロックある。通りは混み合い、信号に差しかかるたびにいちいち赤でいらいらする。なぜ急いでいるのか、自分でもわからない。雇った探偵によると、ケリーはしばらく前からここで働いているそうだ。急にどこかへ行くことはない。

頭の中に大量の疑問が浮かぶが、彼女にじかに会うまで、どれひとつ答えを得られないのはわかっていた。

数分後、車を道端に寄せて、ひしゃげたドーナツの看板を掲げた街角の小さなコーヒーショップに車を停《と》めた。よりによってこんな店で働いているとは。ライアンは驚いてその店を見つめた。

首を振り、BMWを降りて店の入り口へ走った。小さな日よけの下に入り、襟から雨を払う。

店に入ると、店内を見まわしてから、いちばん奥のブースに腰を下ろした。ケリーではないウェイトレスがメニューを持ってきて、ライアンの前にぴしゃりと置いた。

「コーヒーだけ頼む」ライアンはつぶやいた。

「お好きにどうぞ」彼女は言い、コーヒーを注《つ》ぎにカウンターへ向かった。

まもなくウェイトレスが戻ってきて、黒く煮出したような液体が縁からこぼれるほどの勢いで、カップを置いた。そして申し訳なさそうにほほえみながら、ナプキンをほうった。

「ご用があったらお知らせください」

ケリーのことを尋ねる言葉が口先まで出かかったとき、遠くのテーブルの横にひとりのウェイトレスがこちらに背中を向けて立っているのが見えた。

ライアンは手を振って自分の担当のウェイトレスを追い払い、遠くのテーブルに神経を集中させた。

間違いない。あれはケリーだ。

蜂蜜色をしたブロンドの髪は以前より長く、ポニーテールにまとめられているが、ケリーだ。ライアンの体が反応して活気づいた。

すると、彼女が体の向きを変えた。横を向いた姿を見て、ライアンの顔からすっかり血の気が引いた。

いったいどういうことだ。

彼女の腹が大きくふくらんでいるのは、錯覚などではない。

妊娠しているのだ。しかもかなり経っている。見た感じはブライアニーより進んでいるほどだ。

ライアンが視線を上げたとき、完全にこちらを向いたケリーと目が合った。彼女がブルーの目をショックに見開き、ライアンを見つめる。彼だと認識するのは一瞬のことだった。

僕が彼女を忘れないように、彼女も僕を忘れたりはしないはずだ。

ライアンが立ち上がらないうちに、ケリーの青い目が激しい怒りで氷のように冷たく変化した。華奢《きやしや》な面立ちがこわばり、奥歯を噛《か》みしめているのが、ライアンの座っているところからでも見える。

何をそんなに怒る必要がある？

ケリーはまるでライアンを殴り倒したいかのように、体の横で両手をぎゅっと握りしめている。そして何も言わずにキッチンに向かい、スイングドアの向こうに消えた。

ライアンは目をぐっと狭めた。

想像していたような展開ではない。自分が何を予想していたのかはっきりしないが。涙ながらの謝罪？　連れて帰ってほしいという懇願？　大きなおなかを抱えてみすぼらしい食堂で給仕をしていると思っていなかったのは確かだ。

しかし、妊娠とは。ライアンは深呼吸をして息を整えた。いったいどんなふうに妊娠したんだ？　少なくとも七カ月、いや、それ以上になっているかもしれない。

恐怖のあまりライアンの喉が締めつけられた。呼吸が苦しくなり、小鼻がひくひく動いた。

もし妊娠七カ月なら、僕の子どもである可能性がある。

もしくは……僕の弟の。

ケリー・クリスチャンはキッチンに飛びこみ、やみくもに手探りしてエプロンをはずそうとした。ひもがうまくつかめなくて小声で罵る。手がひどく震え、簡単なこともうまくできない。

強く引っぱりすぎて布が裂けてしまった。投げつけるも同然に、エプロンをフックに引っかけた。

なぜ彼がここに？　私はニューヨークを出たとき、自分がどこに行き着くかわかっていなかった。どうでもよかったのだ。必死になって身を隠してきたわけでもない。つまり彼はいつでも私を見つけることができたはずだ。でも、なぜいまになって？　半年過ぎて私を捜すなんて、いったいどんな理由？

偶然とは絶対に思えない。ここはライアン・ビアズリーがたまたま姿を現すような店ではない。彼の好みではないし、彼の大切な家族は、五つ星レストラン未満の何かで口を汚すくらいなら死ぬほうがましだろう。

〝まあ、ケリー、ずいぶん辛辣ね〟

ケリーは首を振った。あの人が現れたことにこんなに強く反応する自分自身に腹が立つ。

「ちょっとケリー、どうしたの？」ニーナが尋ねる。

ケリーは、心配そうに眉間にしわを寄せてキッチンの戸口に立つ、同僚ウェイトレスのほうを向いた。

「ドアを閉めて」ケリーはささやき、中へ入るよう身振りで示した。

ニーナはすぐに従った。「大丈夫？　顔色が悪いわ。赤ちゃんがどうかした？」

赤ちゃん。

そうよ、ライアンのような鋭い人が、私の突き出たおなかに気づかないわけがない。

「調子が悪いの」ケリーはその口実に飛びついた。「今日は帰らせてもらうって、ラルフに言っておいてくれる？」

ニーナが眉をひそめた。「あの人、怒るわよ。手足をなくすか血でも吐かないかぎり、許してくれないわ」

「だったら、やめるって言って」ケリーはつぶやき、裏口へ急いだ。がたつくドアのところで足を止め、振り返って不安そうにニーナを見る。「お願いがあるの、とっても大事なことよ。もしお客さんか誰かが私のことを訊《き》いてきたら、何も知らないことにしてほしいの」

ニーナは目を見開いた。「何かトラブル？」

ケリーはいらだたしげに首を振った。「トラブルじゃないわ。ほんとよ。私の……元夫なの。ほんとにひどい男なのよ。ついさっき店にいるのを見たの」

ニーナは唇を引き結び、怒りに目を燃え上がらせた。「早く行って。あとはあたしにまかせて」

「恩に着るわ」ケリーはつぶやいた。

店の裏口から抜け出し、小道を走る。アパートメントはほんの二ブロック先だ。うちに帰って、これからどうするかを考えよう。

半分ほど来たところで、足取りをゆるめた。私はどうして逃げているの？　隠れる理由などない。何も悪いことはしていない。私がするべきだったのは、堂々と店内を歩いていって彼をひっぱたくことだ。逃げたりせずに。

ケリーは階段を一度に二段ずつのぼり、二階にある自分の部屋に入るとドアを閉め、そこにぐったりともたれた。

涙がまぶたを刺した。ライアン・ビアズリーに再会して、本気で動揺したことにますます腹が立つ。もう二度と顔を合わせたくない。絶対に会いたくない。あんなふうに私を傷つける力を持つ人はもういらない。絶対に。

両手が自然におなかへ動いた。なだめるようにそこをさする。なだめたいのが赤ちゃんなのか自分なのかわからないけれど。

「あの人を愛した私がばかだったのよ」そっとささやく。「彼の家族が私を受け入れてくれるなんて思ったのがばかだった」

背後のドアがノックでどんどんと響き、ケリーは跳び上がった。心臓が喉につまった気分で、震える手を胸に当てた。ケリーはまるで透視できるかのようにドアを見つめた。

「ケリー、このドアを開けてくれ。そこにいるのはわかってる」

ライアン。ああ。いちばんドアを開けたくない相手だ。

ケリーは戸板に手を当てた。無視するべきか、応じるべきか、心が決まらない。

二度目のノックの勢いでケリーの手が弾み、ケリーはあわててドアから手を離した。

「帰って！」ケリーはついに叫んだ。「あなたと話すことは何もないわ」

不意にドアが震えて勢いよく開いた。ケリーはとっさに数歩下がり、腕でおなかを守った。

戸口をふさいで立つ彼は、相変わらず大きくて恐ろしげだった。口もとと目もとに新しくしわができているほかは、何も変わっていない。彼の視線がケリーの全身をなめ、構築したつもりだった防護壁を貫く。彼にはいつも心を見透かされるようだった。いちばんそうしてほしかったときを除いて。

新たな苦悩が胸にあふれた。ひどい人。これ以上どんなことをして私を傷つけたいというの？　もうじゅうぶん私をめちゃくちゃにしたのに。

「出ていって」ケリーは言った。しっかりした自分の声が誇らしかった。「出ていかなければ警察を呼ぶわ。あなたと話すことは何もありません。いまも。これからも」

「あいにくだが」ライアンはずかずかと進みながら言った。「こっちには君と話したいことが山ほどある。まずは、君が身ごもっているのは誰の子かということだ」

2

ケリーは、どろどろの溶岩のようにたぎるライアンへの憤りを意志の力で抑え、冷ややかに彼を見た。

「あなたには関係ないことだわ」

彼は小鼻をふくらませた。「君が身ごもっているのが僕の子なら、関係がある」

ケリーは腕組みをしてライアンをにらんだ。「いまになってどうしてそんなことを考えるの？」

私を誰とでも寝る女だとあっさり思ってしまう人にしては、私の子が自分の子かどうかを気にして押しかけてくるなんて、相当おかしい。

「ケリー、僕らは婚約していた。一緒に暮らして何度もベッドをともにした。その子が僕の子かどうか、僕には知る権利がある」

ケリーは一方の眉を引き上げ、彼を観察した。

「知るのは無理よ。なにしろ私はほかにもおおぜいの男と寝たんだから。あなたの弟も含めて」ケリーは肩をすくめ、ライアンに背を向けてキッチンに入った。

すぐ後ろをついてくる彼から、放たれる怒りが感じられる。「君は最低の女だ。打算的で冷たいあばずれだ。僕は君にあらゆるものを与えたのに、君はほかの男との無意味なセックスと引き替えに、それを投げ捨てた」

ケリーはくるりと振り向いた。彼を殴りたい衝動を、こぶしを強く握って必死にこらえた。「出ていって。そして、二度と来ないで」

ライアンの目が怒りといらだちにぎらりと光る。「僕はどこにも行かない。知りたいことを君の口から聞くまでは」

「あなたの子じゃないわ。これで満足？　さあ、もう帰って」

「なら、ジャロッドの子なのか？」

「本人に訊《き》いたらどう？」

「弟とは君の話はしない」

「そうね、私もあなたがた兄弟のどちらの話もしたくないわ。私のアパートメントから出ていって。この子はあなたの子じゃありません。私の人生から出ていって。私はあなたに言われたときそうした。あなたの人生から出ていったわ」

「君は選択の機会をくれなかった」

ケリーは軽蔑たっぷりに彼を見た。「選択？　私にも選択の機会があった記憶はないわね。あなたがふたり分の選択をしたのよ」

彼は信じられないという顔でケリーを見た。「君も大した玉だな。まだ無実の犠牲者のつもりか」

ケリーは玄関へ行ってドアを開け、期待をこめて彼の顔を見た。

ライアンは動かなかった。「どうしてこんな暮らしをしている？　僕は君の行動の理由が何ひとつ理解できない。僕は君になんだって与えていた。別れたときもかなりの金を渡した。だがいま、君は自分の能力にまったく見合わない仕事をして暮らしている」

ケリーは強い憎しみの波に襲われた。胸が痛くて息ができない。ケリーの思いは、すっかり打ちひしがれ、ぼろぼろになって彼の前に立っていたあの日に戻った。彼は小切手に署名し、軽蔑をこめてケリーに突き出したのだった。

あの目の表情で、彼が私を愛していないことが、愛したことさえなかったことがわかった。彼は私を信用していなかった。

私がいちばん彼を必要としたときに、彼は期待に応えてくれず、私を娼婦《しょうふ》扱いした。

そんなことをした彼を絶対に許さない。

ケリーはゆっくりと体の向きを変え、足を引きずるようにしてキッチンに移動した。引き出しに小切手の入ったしわくちゃの封筒がしまってある。破れた夢と、最悪の裏切りを思い出させるもの。しばしばそれを見てはいたが、決して換金するまいと誓っていた。それを手に取り、彼のところへ戻る。封筒をくしゃっと丸め、投げつけると、彼の頬に当たった。

「あなたの小切手よ、お返しするわ」嘲りをこめて言う。「それを持って私の人生から消えてちょうだい」

ライアンは封筒を拾うと、眉をひそめてケリーを見た。「理解できない」

「あなたは一度も私を理解したことなんてなかった」ケリーはささやいた。「あなたが行かないなら、私がここを出るわ」

ライアンが止める間もなく、ケリーは彼の横を通り過ぎて玄関を出ると、ドアを強く閉めた。

ライアンは信じられない思いで、手に持った小切手を見つめた。考えをうまく組み立てられない。

なぜだ？　彼女はまるで僕が下劣な人間であるかのようにふるまう。僕が彼女に何をした?

ライアンは簡易キッチン付きのワンルームを見まわした。あちこち修理が必要で、家具も安っぽい。キャビネットの扉はかろうじてちょうつがいにぶら下がっており、中は空っぽだった。食べ物が何もない。

顔をしかめ、冷蔵庫の前に移動して扉を開け、毒づいた。牛乳のカートン一本、チーズの包み半分とピーナツバターひと瓶しかない。

ほかの場所もざっと調べてみたが、何も見つからなかった。彼女はどうやって生きているんだ?

それよりも、なぜこんな暮らしをしている?

小切手を見下ろし、首を振る。この先数年、上品で慎《つつ》ましい暮らしを営むにはじゅうぶんな金額なのに。

何箇所かインクがにじみ、指紋で汚れているが、彼女は一度も換金しようとしなかった。なぜだ? 頭の中に数々の疑問が駆けまわり、あまりの多さに処理ができない。

自分のしたことを後ろめたく感じているのだろうか。僕を裏切った立場で、僕から金を受け取るのを恥ずかしいと思ったのか?

良心を発揮するタイミングはそこではない。

ひとつだけ確かなことがある。僕はどこにも行かない。山ほどある疑問に答えが欲しいのだ。なぜこんな場末の街で、ろくに食えない程度の金しか稼げない仕事をしている？　赤ん坊が生まれたらいったいどうするつもりだ？　それが僕の子だろうがなかろうが、見捨てて立ち去ることはできない。彼女は僕にとって大切な人だったのだから。

彼女は自分を養えていない。僕は過去にはいつも彼女の面倒を見てきた。これからまたそうするつもりだ。彼女が好むと好まざるとにかかわらず。

ケリーは脇道を利用してアパートメントの建物の裏手にまわった。仕事に戻るのではない。そうするべきではあるけれど。一日くらい賃金をもらわなくても世界は終わりはしない。だが、もらいそこねたチップは乏しい貯金に大きな痛手だ。

考える時間が必要だ。

気持ちを落ち着ける時間が。

雨はやんでいたが、空はまだ灰色の陰鬱な色合いに覆われていた。遠くには黒々とした雲があり、今日のところは雨がやまない確かなしるしだ。

差し迫る不穏な雲のように、涙におびやかされたが、ケリーはぐっと息を吸いこんだ。ライアンとの予期せぬ対面ぐらいでひるむものですか。

アパートメントから三ブロックのところに、狭い遊び場があった。遊んでいる子どもはいない。無人のブランコが風に揺れ、メリーゴーラウンドがゆっくりまわってきしんでいる。

ケリーはベンチに腰を下ろした。怒りと苦痛が入りまじり、激しく動揺していた。

彼はなぜ来たの？

私が妊娠しているのを知って、ライアンがひどく驚いたのは明らかだ。食堂で見せたあの表情は偽りではなかった。こうやってでくわしたのも奇妙な偶然などではない。

この半年のあいだに、ライアンとの関係についていろいろ考えた。どうせ忘れられないのだ。忘れようなどと努力はしなかった。

いくつかわかっていることがある。ひとつは、何もかもがあまりに早く進んだことだ。カフェでライアンにコーヒーを運んでから、電撃婚約まで、彼のことを確認する時間がなかった。ひと目見たときから彼に夢中になった。あっという間に彼との関係が深まった――それを私は自分に許した。私に対する彼の気持ちに、彼の愛に、一度も疑問を持つことなく。

彼とは住む世界が違うけれど、取るに足りないことに思えた。愚直にも、愛があればすべて乗り越えられるし、彼の家族や友人が反対しても関係ないと思っていた。自分が価値のある人間であることを証明し、彼のライフスタイルになじもうと思っていた。私には彼のようなお金も人脈も立派な血筋も伝統もない。でもいまの時代に、そんなものを気にする人はいないと信じこんでいた。

愚かだった。一時的とはいえ学校をやめた。ライアン・ビアズリーにとっての理想的な恋人、婚約者、やがては妻であろうとすることに夢中だったから。彼に言われるまま高級な衣服を身につけた。彼のアパートメントに引っ越して一緒に暮らした。正しい発言をし、彼の人生の完璧な一部になろうと必死に努力した。

しかし、勝ち目はなかった。

ケリーは目を閉じて涙を抑えた。

私はニューヨークを飛び出し、このヒューストンに流れ着いた。自力で新しい人生を築き上げた。最高の人生ではないけれど、私の人生だ。

赤ちゃんが生まれてからでないと学校に戻れないのはわかっていたので、懸命に働いてお金を貯《た》めてきた。探した中でいちばん家賃の安いアパートメントに住み、稼いだお金は残らず貯金した。生まれたら、もっといい住まいに引っ越そう。子どもを育てるのに安全な場所、残りの二学期を修了できるような場所に。そうすれば自分も、大切な赤ちゃんも、もっといい暮らしができるようになる。

いまは……いまはどうする？　ライアンはなぜここに来たのだろう。妊娠が彼に知れて、私の未来はどうなる？　私の計画は？　ひどく傷ついて打ちのめされるかもしれない状況へなど、決して舞い戻らないという私の決意は？

ケリーはげっそりしてこめかみをさすった。

この頭痛が消えてくれないだろうか。もう疲れ果ててしまった。ライアンの次の攻撃がなんであろうと、身を守れそうにない。

頭の中のもやを怒りが貫き、ケリーは両手を握りしめた。私はどうして公園のベンチなんかに座っているの？　私は間違ってない。私はライアンの思いどおりなんかにならない。彼がアパートメントから出ていかないなら接近禁止命令を出してもらおう。

彼にはもう私に及ぶ力などない。

ケリーは深く息をして、ぼろぼろになった神経を立て直した。そう、不意を突かれたのだ。再び彼に会う心構えができていなかった。でも、だからといって彼に打ち負かされるつもりはない。

そう決意しながらも、不安と恐怖で胸が震え、喉がつまった。思い描いていた未来が、ライアンが再び現れたことによって突然危機に陥ったような感じだ。

私のおなかにいるのが自分の子だと知れば、彼は帰らないだろう。しかし、彼の子ではないと納得させられたとしても、彼はジャロッドの子と思うだけだ。そうなってもやはり、ビアズリー家が私の未来に深刻に立ちはだかることになる。

「一度にひとつずつよ」ケリーはつぶやいた。

何よりもまず、ライアンを私のアパートメントから追い出さなければならない。選択肢を慎重に考慮できるように。

雨粒が額に当たり、ケリーはため息をついた。すぐに戻らないと土砂降りに遭ってしまう。

自宅の建物の方角へとぼとぼ歩きながら、もう彼が部屋にいないことを想像して元気を出そうとした。私など、手間をかける価値もない人間だと思い直して、もう出ていったかもしれない。

アパートメントに向かって階段をのぼるころには、ずぶ濡《ぬ》れになっていた。ケリーは身震いしながら、部屋に入った。

ライアンが部屋をうろうろ歩きまわっているのを見ても、驚きはしなかった。彼がくるりと振り返り、ケリーは肩をこわばらせた。

「どこに行っていたんだ」彼が強い調子で尋ねる。

「あなたには関係ないわ」

「関係ないものか。仕事には戻らなかったんだな。雨でびしょ濡れじゃないか。頭がおかしくなったのか？」

ケリーは笑った。「そのようね。でもいまはもう正気よ。出ていって、ライアン。ここは私のアパートメントよ。あなたにはここにいる権利はないわ。必要なら接近禁止命令を出してもらいます」

ライアンは眉間にしわを寄せ、驚いた顔でケリーを見つめた。「僕が君を傷つけると思うのか？」

ケリーは軽く肩をすくめた。「肉体的に？　いいえ」

彼は小声で毒づいた。狼狽《ろうばい》したように髪をかき上げる。「ちゃんと食べなきゃだめじゃないか。この部屋には食べ物がぜんぜんない。一日じゅう立ちっぱなしで、自分と赤ん坊をちゃんといたわっているのか？」

「まあ、まるで気遣ってくれているみたいね」ケリーはあざわらった。「でも、そうじゃないことはお互いわかってる。私のことは心配しないで。私は自分と赤ちゃんのことをちゃんと考えてます」

ライアンは目に炎を燃やしながら大股で近づいてきた。「気遣っているさ。僕の気遣いのなさを、君が責めることはできない。僕らが手にしていたものをほうり出したのは僕じゃない。君のほうだ」

ケリーは片手を上げ、急いで後ずさった。指が震え、激しくめまいがする。「出ていって」

ライアンの小鼻がふくらみ、唇がゆがんだ。そして彼は一歩下がり、息を吐き出した。

「そうするよ。だが、明日の九時にまた来る」

ケリーは一方の眉を引き上げた。

「君の診察の予約を取ってある。僕が連れていく」

ケリーが外に出ているあいだ、彼は忙しかったようだ。でも、ライアンのような人間は、電話を手に取るだけでいい。彼の指示をこなす人々は数えきれないほどいる。ケリーはいらだって首を振った。「それは無理ね。私はあなたと一緒にどこへも行く気はないわ。お互いになんの関係もないんだから。私には主治医がいるし」

「その主治医に最後に診察を受けたのはいつだ?」ライアンが強く迫る。「君はひどいありさまだよ、ケリー。自分の体を大切にしていない。君にも子どもにもいいはずがない」

「気遣うふりはやめて」ケリーは穏やかに言った。「お互いのために、もう帰ってちょうだい」

彼は反論するかに見えたが、今度もやはり言葉をのみこんだ。玄関に向かい、そしてケリーを振り返った。「明日の九時だ。かついでも連れていく」

「絶対に行かないから」彼がドアを強く閉めて出ていくと、ケリーはつぶやいた。

翌朝ケリーは、十五分寝過ごした。急がないと六時までに食堂に行けない。手早くシャワーを浴び、シャツの上にゆったりしたジャンパースカートを着ると、玄関に向かった。外にライアンがいるような気がして、思わず息をつめた。首を振り、階段を下りていく。彼のせいでひどくびくびくするようになってしまった。私は彼のことを乗り越えてちゃんと前へ進んでいるという考えは、彼が店に現れた瞬間に砕け散った。

数分後、急ぎ足で店に入ると、すでにニーナが早い朝食をとる客に給仕を始めていた。ケリーはエプロンをつけて注文票を手に取り、担当するテーブルのほうへ向かった。

最初の一時間、ライアンがまた現れるのではないかという恐怖を、無理やり頭から締め出した。残念ながらうまくいっていないことは明らかだった。注文を三度間違え、コーヒーをこぼして客に引っかけた。ケリーは気持ちを落ち着けようとキッチンに引っこんだ。自分に厳しく言い聞かせ、震える手をなだめてフロアに戻ろうとしたとき、マネージャーのラルフがしかめっ面で勢いよくドアを押し開けて入ってきた。

「いったいここで何をしてる?」

ケリーは眉をひそめた。「私はここの従業員です。お忘れですか？」

「いまはもう違う。ここから出ていくんだ」

ケリーは青ざめて彼を見つめた。「くび……ですか？」

「あんたは昨日いちばん忙しい時間に、誰の許可も得ずにいなくなった。そして戻ってこなかった。くびになって当然だろう？　そして今朝は出てきたが、くだらないミスを連発して、店はかんかんに怒った客でいっぱいだ。あんたの頭がまともに動いてないせいでな」

ケリーは深く息を吸って、神経を落ち着かせようとした。「私にはこの仕事が必要なんです。昨日は……気分が悪くなってしまって。あんなことは二度とありませんから」

「そりゃ、二度とないさ。そもそもあんたを雇ったのが間違いだった」ラルフはさもうんざりした様子で唇をゆがめた。「あんなに人手が足りないときじゃなけりゃ、妊婦なんか雇わなかった」

ああ、神さま。ここまでおなかが大きくなったら、ほかの仕事が見つかる見込みはない。あと数カ月、赤ちゃんが生まれるまで、働きたいだけなのに。

「お願いします」ケリーは声をしぼり出した。「もう一度チャンスをください。私は一度も不平を言ったことはないはずです。私にはこの仕事が必要なんです」

マネージャーはシャツのポケットから封筒を取り出し、ケリーに突き出した。「あんたの最後の給料だ。昨日勝手にいなくなった分は差し引いてある」

ケリーが震える手でそれを受け取ると、ラルフは背を向けて、ドアを思いきりスイングさせてキッチンを出ていった。

怒りと失望がケリーを襲った。ライアンはあれから何カ月もたったいまでも、私の人生をぶち壊してくれる。

ケリーはエプロンをぐいっと引っぱり、フックのほうへほうると、裏口から外へ出て、まぶしい日差しに目を狭めた。

アパートメントへ戻りながら、手に持った封筒を見つめた。絶望がのしかかり、踏み出す一歩が耐えきれないほど重い。いまいましいのは私のプライドだ。ライアンがくれた小切手を突き返したりしなければよかった。

私は何かと理由をつけてあれを拒否していた。びりびりに破いて彼の鼻先に突きつけたかった。だからずっと手放さずにいたのだ。心のどこかで、あれを彼に突き返す満足感を求めていたから。

私が金で買われる娼婦などではないことを、彼に思い知らせたかった。でもそれでどうなった？　一日一日命を削られていくようなどん底の仕事と、子どもを連れて帰りたいとは絶対に思わないみすぼらしいアパートメント。

プライドはもうじゅうぶん。ライアン・ビアズリーは地獄へ堕《お》ちればいい。私はあの小切手を換金する。

3

ライアンはケリーの部屋へ通じるステップに上がり、崩れそうな階段を見て、顔をしかめた。彼女がまだ階段から落ちていないのが不思議なくらいだ。

部屋のドアに鍵がかかっていないことに、ライアンは不安になった。ドアを押し開けると、彼女が床に四つんばいになってアームチェアの下をのぞいていた。彼女はいらだちの声を漏らして、体を起こした。

「いったい何をしている？」

ケリーは金切り声をあげ、くるりと振り返った。「出ていって！」

ライアンは落ち着かせようと手を伸ばした。

「驚かせて悪かった。ドアに鍵がかかってなかったから」

「だからそのまま入ってしまえと思ったわけ？　ノックという方法は頭になかったの？　いいかげんに理解してよ。私はあなたに、ここにいてほしくないの」

ライアンはため息をついた。今日は最初のショックがおさまって、多少は怒りが静まっていることを期待していたのだが。

彼女が再び床に這《は》いつくばった。ライアンは近づいて身をかがめ、彼女を立ち上がらせようと手を差し出した。「何を捜してる？」

彼女はライアンの手を無視し、目から髪を払った。「小切手よ」

「小切手？」

「あなたにもらった小切手」

ライアンは眉をひそめ、ポケットに手を入れて、折りたたまれたよれよれの紙切れを取り出した。「これ？」

彼女が飛びついて奪おうとしたが、ライアンは彼女の手の届かないところまで高く上げた。

「そうよ！　私、気が変わったの。換金するわ」

ライアンは手を突き出して彼女をかわしながら、困惑して首を振った。「座れよ、ケリー。倒れないうちに。そして、いったい何がどうなっているのか聞かせてくれ。君は小切手を僕の顔に投げ返し、とっとと持って帰れと言った。なのに、いまになって気が変わったって？」

ライアンは仰天した――ケリーがキッチンの小さな椅子に腰を下ろし、両手に顔を埋《うず》めたのだ。その肩が震え、うつむいた顔からすすり泣きが漏れ出した。うろたえたライアンは、なすすべもなくその場に立っていた。やがて片膝をついて、彼女の手をそっと顔から引きはがした。彼女は顔をそむけた。

「ケリー、どうした?」ライアンはやさしく尋ねた。

「店をくびになったのよ」彼女は声をしぼり出した。「あなたのせいよ」

ライアンはのけぞった。「僕のせい?　いったい僕が何をした?」

ケリーは鋭く顔を上げ、目を光らせた。「あなたの得意なせりふね。〝僕が何をした?〟確かにあなたは何も悪いことはしてないわ。くびになったのは私の責任よ。私たちの関係でだめになったほかのすべてと同じようにね。さっさとその小切手を置いて出ていって。二度と迷惑はかけないから」

ライアンはいぶかしんで彼女を見つめた。「そう言われて僕があっさり出ていくと思うのか?」小切手をポケットに戻し、こちらも負けじと責め立てたい衝動を抑える。「僕らには解決するべきことが山ほどある。僕はどこにも行かないし、君も行かない。まず手始めに、ドクターにちゃんと診てもらおう。君はどう見ても具合がよくない」

ケリーはゆっくり立ち上がり、ライアンの目を見つめた。「あなたと一緒になんてどこに行く気もありません。小切手をくれないなら、出ていって。これ以上話すことは何もないわ。何ひとつ」

ライアンはポケットの中で小切手に触れ、再び彼女の目を見つめた。「小切手の話は、ドクターの診察を受けてからだ」

彼女の目が嫌悪に燃えた。「今度は恐喝する気？」

「好きなように言えばいい。君は僕と一緒に診察を受けに行く。もしドクターが君に異常なしと太鼓判を押したら、僕は小切手を君に渡して立ち去ろう」

ケリーはいぶかるように目を細めた。「そういうこと」

ライアンはうなずいた。彼女を異常なしと診断するようなドクターなどどこにもいない。顔色は最悪で、どう見てもやせすぎだ。

ケリーは長いあいだ唇を噛《か》んでいた。やがて目を閉じ、長く息を吐き出した。

「いいわ、ライアン。あなたと一緒に診察を受けに行く。私になんの異常もないとドクターが証明してくれたら、あなたには二度と会わないわよ」

「ドクターが君を大丈夫と言うなら、君の願いを叶《かな》えよう」

ケリーは見るからにくたびれた様子で、また椅子に腰を下ろした。彼女には自分が見えていないのか、それとも徹底的に拒否しているのか。彼女には面倒を見てやる人間が必要だ。三食きちんと食べさせる人間が。足を上げて休ませてやれる人間が。

ライアンは腕時計を見た。「そろそろ行こう。予約は三十分後だ。道が混んでいるかもしれない」

ケリーは表情を硬くして立ち上がり、アームチェアからハンドバッグを取って玄関に向かった。ライアンはそのあとを追った。

ライアンが混み合った道に車を走らせるあいだ、ケリーは窓の外を見るともなく見ていた。ライアンとの対峙《たいじ》で精神的に疲れ果てていた。彼には消えてほしいと願うのみだ。彼の顔を見るだけで、過去の心の痛みがケリーの内側を無理やり押し広げ、裏表をひっくり返す。

彼はダウンタウンのクリニックのガレージに車を停《と》め、ケリーを導いてモダンな建物に入った。エレベーターで四階へ上がり、ライアンが受付で手続きをするあいだ、ケリーは無気力に立っていた。

自分の病歴を記入したあと、尿検査のカップを渡された。トイレから出ると、看護師に診察室のひとつに案内された。そこでライアンが待っていた。

ケリーは歯をむいてうなり、出ていってと命じようとしたとき、彼は険しい顔で片手を上げて制した。

「ドクターの話はすべて直接聞く」

ライアンの目が反論してみろと煽《あお》っている。私が強情を張れば彼は大騒ぎするだろう。

ケリーは彼に背を向け、診察台に寄りかかった。

我慢して診察を受け、ドクターに異常なしと告げてもらえば、ライアンを厄介払いできるのだ。

数分後、若い医師が入ってきてケリーにほほえみかけた。彼は診察台に上がって横になるようケリーに身振りで指示した。腹囲を測定し、赤ちゃんの心音を聴いたあと、小さな機械を転がしてきて、ケリーのおなかに冷たいジェルを塗った。

ケリーは頭を上げた。「それはなんでしょう?」

「超音波で大きさなどをチェックして、異常がないかどうか確認します。かまいませんか?」ケリーがうなずくと、ドクターはハンディ型のスキャナーをケリーのおなかに当てて滑らせた。やがて手を止め、小さな画面を指さした。「頭です」

ライアンがモニターを見ようと割りこんできた。ケリーは彼の横から首を伸ばした。ライアンが振り返り、あわててケリーにも見えるよう首の下に手を差し入れた。ケリーの目に涙があふれ、唇にほほえみが浮かんだ。「私のかわいい娘」

「ああ、とてもかわいい」ライアンはかすれた声でケリーの耳にささやいた。

「男の子かもしれないけど」ケリーは急いで言った。

「知りたいですか？」ドクターが言う。「調べられますよ」

「いいえ」ケリーは言った。「楽しみに取っておきます」

　ドクターはさらにしばらく調べて、やがて立ち上がり、ケリーのおなかをきれいに拭いた。そして赤ちゃんの画像のプリントアウトをケリーに手渡すと、クリップボードに向かい、何か書きつけてから再びケリーの顔を見た。「かなり心配な状態です」

　ケリーは眉をひそめ、あわてて体を起こした。ライアンに支えてもらいながら座る姿勢に落ち着くと、問いかけるようにドクターの顔を見た。

「血圧が高く、尿にたんぱくが出ています。手足にかなりむくみがある。体重から判断すると、あなたはじゅうぶんに栄養をとっていないに違いない。妊娠中毒症の症状が見られ、この先深刻な影響が出る恐れがあります」

　ケリーは口を利けずに呆然《ぼうぜん》とドクターを見つめた。

　ライアンが眉根を寄せてドクターに訊《き》いた。「妊娠中毒症とはなんですか？」

「血圧の上昇と尿たんぱくの増加に関連するものです。一般的に妊娠十二週以降に発症します。進行して発作が起きると、その時点で子癇《しかん》となります」

ドクターはケリーに厳しい視線を向けた。

「あなたは入院寸前の状態です。横になって安静にしてもっとご自分の体をいたわると、あなたとご主人からお約束をいただけないかぎり、この場で総合病院へ行っていただきます」

「この人は夫なんかじゃ――」ケリーは口を開いた。

「わかりました」ライアンがよどみなく口をはさんだ。「指一本動かさせません。お約束します」

「でも――」

「〝でも〟はなしです」ドクターが言った。「あなたはご自分の状態の重大さをきちんと理解しておられないようだ。これは深刻です。病気が進行すれば死ぬことになる。悪化を防ぐためにあらゆる予防措置を講じなければなりません」

ライアンの顔は蒼白《そうはく》になった。ケリーも自分の顔から血の気が引いていくのを感じた。

「僕が請け合います。いまからケリーには安静にして食べること以外は何もさせません」

ライアンはいかめしく言った。

ドクターは満足そうにうなずき、ふたりと握手をした。「一週間後にまた来てください。もしむくみがひどくなったり、ひどい頭痛がしたりするようなら、総合病院へ直接行ってください」

ドクターがいなくなっても、ケリーは呆然としたまま診察台に座っていた。ライアンが手を伸ばし、ケリーの手をぎゅっと握った。

「心配しなくていいよ、ケリー」

〝心配？〟ケリーは引きつった笑い声をあげそうになった。自分の人生が壊滅状態なのに心配しなくていいの？　ケリーは大声で叫びながら外に飛び出してしまいたくなった。

「さあ」彼が静かに言う。「行こう」

ケリーは彼に導かれるまま、おとなしくドクターのオフィスを出て、車に向かった。こんなことが自分の身に起こるはずがない。車の中では押し黙り、ライアンの顔を見ようとしなかった。仕事もなく、ドクターの話を信じるなら、くびにならなかったとしても働いてはいけなかった。どうやって生活していく？　多少の貯金はあるが、それはすべて赤ちゃんと学業のためのお金だ。

ケリーは八方ふさがりの気分だった。携帯電話の鋭い着信音にはっとして、ライアンのほうを見ると、彼はハンドルを操りながら携帯電話を耳に当てた。ケリーは自分の名前が聞こえて耳をそばだてた。

「ケリーのアパートメントに荷物を取りに向かってる。ヒューストン発の便をふたり分予約したら、フライトナンバーと時刻を教えてくれ。それから、ヒルクレストのドクター・ホイットコムに電話して、ケリーのカルテをニューヨークのドクター・ブライアントにファックスするよう頼んでくれないか」

彼は唐突に会話を終えて、携帯電話を横に置いた。

「なんの話?」ケリーはとまどって尋ねた。

彼はいかめしい表情のままちらりとケリーを見た。「君を連れて帰る」

「やれるものならやってみなさいよ」ケリーはおなかの上で腕組みをし、唇を固くつぐんだ。

「君は一緒に行く」ライアンは口答えを許さない口調で言った。「君にはいたわってくれる人間が必要だ。なぜ自分を大切にしない? 赤ん坊と自分の命を危険にさらしたいのか?」

ケリーは無表情で彼を見つめた。「わからない? 私はあなたと何ひとつ関わりを持ちたくないの」

「わかっているさ。君は僕の弟と寝たときに、それをはっきりと僕に示した。だが、君はどうやら僕の子を身ごもっているらしい——甥《おい》か姪《めい》かもしれないが。いずれにせよ、僕は母子の安全を確認するまで姿を消す気はない。君をかついででも飛行機に乗せてニューヨークへ連れていく」

「あなたの子じゃないわ」ケリーは猛然と言った。

彼の視線がケリーの全身を這った。「だったら、誰の子だ?」

「あなたに関係ない」

ライアンは返事をせずに、ハンドルをぎゅっと握りこみ、フロントガラス越しに前方を見つめていた。

アパートメントに到着すると、ケリーは彼が外からドアを開けてくれるのを待たずに車を降り、階段を駆けのぼった。後ろから彼がついてくる音が聞こえ、ケリーがドアを閉めようとすると、彼が手をはさんで中に入りこんできた。

「話し合いが必要だ」

ケリーはくるりと振り返った。「ええ、必要よ。あなたは小切手の話をしようと言った。あなたが私を売女《ばいた》と呼んで投げつけてきた小切手のことよ。私はいまそれが欲しいの。それを受け取ることで、あなたにどう思われようとかまわないわ」

「あれはもう渡さない」

「ご親切なこと」ケリーは皮肉を言った。

「一緒にニューヨークに戻ってほしい」

ケリーはぽかんと口を開けた。「あなた、どうかしてるわ。なぜ私があなたとどこかへ行くの？」

「君には僕が必要だからだ」

心の痛みに胸を切り裂かれ、呼吸が止まった。「私があなたを必要としたのは以前の話よ」

ケリーは彼が反応する間もなく背中を向けた。てのひらでおなかを包み、パニックを抑える。

ライアンはケリーの背後で黙っていた。不穏なくらいに静かだった。やがて彼が口を開くと、張りつめたような妙な声色だった。

「処方箋を調剤してもらってくる。何か食べるものを買ってくるよ。僕が戻ったら、荷造りをしてほしい」

ライアンは重い足取りで出ていき、静かにドアを閉めた。

ケリーはおんぼろのアームチェアに沈みこみ、こめかみをもんだ。二日前、私にはプランがあった。すべて綿密に計画されていたプランが。それなのに今日の私は無職で、体調が怪しく、元婚約者から一緒にニューヨークへ戻れと強要されている。気が進まないが、母に電話をしなければならない状況だ。

ケリーは受話器を取り、深く息を吸って、ケリーの知る母の最新の番号にかけた。母がもうフロリダに住んでいないという線も大いにありうる。

母はケリーが高校を卒業すると同時に、恋人と同棲《どうせい》するために、娘を家から追い出した。母は言った──義務は果たした、する気のなかった子育てに貴重な十八年間を捧《ささ》げた、その年月はもう取り戻せない、と。

〝幸運を祈るわ。また会いましょう。それ以上のことは私に期待しないで〟

そうだった。

電話を切ろうとしたとき、母の声が聞こえてきた。

「ママ?」ケリーはおずおずと言った。

長い間があった。「ケリー? あんたなの?」

「ねえママ、助けてほしいの。寝泊まりする場所が必要なのよ。私、妊娠していて」

今度はさらに長い間があった。「あのお金持ちの恋人はどうしたのよ」

「もう別れたわ」ケリーは落ち着いた声で言った。「いまヒューストンなの。仕事をくびになってしまって、体の具合も悪いの。しばらくのあいだ居場所が必要なのよ。また元気になるまで」

母はため息をついた。「助けてあげらんないわ、ケリー。リチャードも私も忙しいし、こっちも余裕がないのよ」

ケリーの胸に痛みが押し寄せた。無駄だとわかっていた。でもひょっとしたら……と思ったのだ。ケリーは何も言わずに電話を切った。

母がいやいや子どもの面倒を見るベビーシッターよりましだったことは一度もなかった。

ケリーは片手でおなかをなでた。〝愛してるわ〟とささやく。「私はあなたと一緒にいる時間を一瞬も惜しんだりしない」

アームチェアに寄りかかり、天井を見上げる。自分のふがいなさがいやでたまらない。

ケリーは目を閉じた。もうくたくただ。

揺り起こされたケリーが目を開くと、ライアンが横に立ち、水のコップと皿を手に持っていた。

「タイ料理をテイクアウトしてきた」

ケリーの好物だ。彼がおぼえていたことに、ケリーは驚いた。体を起こし、皿とコップを受け取った。

彼はキッチンから椅子を引っぱってきて、向かい合って座った。食べているところをじっと見られて落ち着かないので、顔を上げずに食べ物に集中した。

「僕を無視しても意味ないよ」

ケリーは手を止め、フォークを置いて、彼を真っ向から見返した。「やっぱりわからないわ。なぜ私をニューヨークに連れていきたいのか。なぜあなたが気にするのか。あなたは自分の人生から私を遠ざけたいと、きっぱり言ったわ」

「君は妊娠中だ。支援がいる。それでは不足か?」

「ええ、不足よ」

「こうしよう。君と僕には解決するべきことが山ほどある。君のおなかにいるのが僕の子かどうかという点も含めて。君には世話をしてくれる誰かと、最高の医療が必要だ。僕ならそれを君に用意してやれる」

ケリーは髪に手を差し入れて、アームチェアに寄りかかった。彼は即座に椅子から滑り下り、ケリーの前に膝をついた。おずおずとケリーの腕に触れる。まるで飛びのかれるのを恐れるかのように。

「僕と一緒に来てくれ、ケリー。君は働けない。安静にしないと君も子どもも危険だとドクターが言っていた。自分自身のために僕の支援を受け入れることができなくても、せめて子どものために受け入れてくれ。それとも、君のプライドは子どもの命よりも重要なのか?」

「それで、ニューヨークへ着いたら、私たちはどうするの?」

「君は安静にする。そして僕らの将来のことをふたりで考える」

ケリーの胃がぎゅっと縮んだ。なんて不吉な。私たちの将来だなんて。

同意するのは愚かだ。同意しなくても愚かだ。

私はプライドをのみこんで小切手を受け取るつもりでいた。赤ちゃんのために、彼の援助を受けるべき？

「ケリー？」

「行くわ」ケリーは低い声で言った。

ライアンの目に勝利の光が輝いた。「なら、荷造りをしてさっさとここを出よう」

4

翌朝目覚めたケリーは、自分の状況を必死に理解しようとした。そして思い出した。私はニューヨークにいるのだ――ライアンと一緒に。

ライアンは数時間のうちにケリーの荷物をまとめ、ふたりで空港へ急いだ。真夜中近くにラガーディア空港に着陸し、待っていた車にケリーを導いた。

彼のアパートメントに到着するころには、ケリーは死ぬほどくたびれていた。中に入ると、かばんのひとつを持って客用寝室に向かった。心が痛いほどの懐かしさに揺さぶられる。

かつてケリーの住まいでもあったアパートメント。においも変わっていない。

廊下の奥には、ケリーとライアンが何度となく愛を交わした寝室がある。私たちの子どもを授かった場所。私の人生が後戻りできないほど変わった場所。

ここに戻ってくることの愚かさを、ケリーはあらためて思い知らされたのだった。

でも今朝は、自分の運命を甘受する気分になっていた。手早くシャワーを浴び、身支度を整えてリビングルームに入ると、ライアンがすでにノートパソコンで何か打っていた。彼はケリーが入ってくる音を聞いて顔を上げた。

「朝食はできてるよ。君を待ってた」

ケリーは何も言わず一緒にキッチンに入り、ふたり分の食事が調えられたテーブルを見た。彼は保温器から大皿を取り、テーブルに運んで、卵、トースト、ハムをそれぞれの皿にたっぷりと取り分けた。

ケリーは椅子に座りながら、何週間ぶりかで気分がよくなっているのを認めざるをえなかった。こんなにたっぷりと休息を取ったのは久しぶりだ。

「今朝の気分はどう？」彼が向かい側に座りながら言う。

「上々よ」卵をほおばったまま つぶやく。食欲が戻りつつあるのを感じたケリーは、目の前のおいしい食べ物に集中した。

長い沈黙のあと、ライアンが口を開いた。「しばらく自宅で仕事ができるように手配をしたよ」

ケリーは口を動かすのをやめて口の中の食べ物をのみこんだ。「どうして？」

「答えは明らかだと思うが」

「始終あなたにうろうろされたら、私、ここにいられないわ。仕事に行ってよ。いつもどおりのことをして、私のことはほうっておいて」

彼は唇を引き結び、やがて立ち上がると、何も言わずにどこかへ行った。

ケリーは自分の皿を見つめた。被害者みたいな顔をされて腹が立つ。まるで私が恩知らずな最低の女みたいじゃないの。

怒りと悲しみで喉がつまった。彼にされた仕打ちを、どう乗り越えればいいの？　ライアンは私に背を向け、見捨てた。彼はそのささやかな事実を認めたくないらしい。

ケリーは皿を押しやって、じっとしていられずに立ち上がった。

目的もなくうろついてリビングルームへ戻り、マンハッタンの景色が一望できる大きな窓の前で足を止めた。

「立っていないほうがいい」背後からライアンが言った。

ケリーはため息をつき、振り返ってショックを受けた。彼はタオル一枚の姿だったのだ。

ケリーはくるりとまた窓のほうを向いたが、映像は目に焼きついていた。筋肉がくっきりと浮かび上がる広い胸。細い腹部は優れた彫刻作品のようだ。

「ばつの悪い思いをさせたのなら謝る」彼が低い声で言う。「考えていなかった」

ケリーは妙に笑いたくなった。ばつの悪い思い？　唯一ばつが悪いのは、いま自分の思考がタオルの下のほうへとさまよっていることだ。

ケリーは両肩をそびやかし、再び振り返って、冷ややかに彼を見つめた。「かつて愛し合った者どうしだからといって、終わったところから再開できると思っているのなら、残念ながら思い違いよ」

ライアンは驚いてまばたきをし、その驚きが怒りに変わった。「冗談じゃない。この僕が、具合の悪い妊婦に、性的関係を強要すると思うのか」

「それに対する答えは知りたくないわよね」

ライアンは長々と悪態をついた。「どうして僕が弟のお古を試したいなんて思う？」

ケリーは両手を固く握りしめ、わざとのんきに返した。「あなたの弟が気にしないんだから、それは一族の特質なんじゃないかしら」

彼の青い目が氷のように冷たくなり、顎が痙攣《けいれん》した。ライアンはきびすを返して自分の寝室に消えた。ドアの閉まる大きな音がアパートメントじゅうに響く。

ケリーはため息をつき、手近の袖椅子に座りこんだ。魔が差して、燃えさかる炎に油を注いでしまった。自分を擁護する必要などとっくの昔になくなった。彼は〝あのとき〟私を信じるべきだった。いま彼が何を考えようとどうでもいい。私の支えとなって私を守ってもらいたいという望みは、私が彼の愛や信頼を得たことが一度もなかったと気づいたときに、泡と消えた。

ああ、私はここで何をしているの？　再びニューヨークにいるというだけで、忘れたほうがいい思い出がどんどんよみがえってくる。

悲しくて落ち着かないケリーは、キッチンに戻って冷蔵庫とキャビネットの中身を調べた。自分の好物を作るのに必要な材料がすべて見つかったので、それらをカウンターの上に並べ始めた。少なくとも何かやることができるし、ランチもそれで間に合う。

「いったい何をしようと考えてる？」

ライアンが出し抜けに現れ、ケリーの手から鍋を取り上げた。そして決然とケリーをリビングルームへと連れていった。

「座りなさい」カウチの前で命令する。ライアンはケリーの足をコーヒーテーブルにのせ、その下にクッションをあてがった。立ち上がったときの表情には、数分前の怒りはなかった。「ドクターの指示を理解していなかったようだね。君は、足を高くして、安静にしていないといけない」まるで愚か者に話すかのように、一語ずつきっぱりと言う。それは必ずしも間違っていない。こんな窮地にはまりこむなんて、私は世界一の愚か者だ。

彼は落ち着いているように見える。そしてケリーも落ち着いている――少なくともいまのところは。いろいろなことをオープンにするときだ。「ライアン、私たち話をする必要があるわ」

彼は驚いた顔をした。ケリーの口調の変化に少し用心しながらも、向かい側に座って好奇心を隠さずにケリーを見つめた。

「わかった。話をしよう」

「なぜヒューストンに来たのか教えてちょうだい」ケリーは慎重に感情を抑えて答えを待った。

彼はそう訊《き》かれてうれしくないようだった。

「それから、どうやって私の居場所を知ったの？」ライアンが黙っているので、重ねて尋ねた。

「探偵を雇った」一瞬の間を置いて、彼が言った。

ケリーの口がぽかんと開いた。落ち着いていられるのもこれまでだ。「どうして？　私をもう一度最初から売女《ばいた》と責めるため？　私の人生に入りこんで逆さまにひっくり返すため？　わからないわ、ライアン。あなたは私を嫌ってる。いったいどうして過去をほじくり返そうなんて思うの？」

「ちくしょう、ケリー！」彼は爆発した。「君は誰にも何も言わずに姿を消した。小切手を換金しなかった。君がどこかで傷ついておびえていると思ったんだ――あるいは死んでいるんじゃないかと」

「死んでなくて残念ね」

「そんなことを言うな」ライアンはうなった。彼の自制がぎりぎり限界なのは明らかだった。「君は僕らが手にしていたものを取り上げ、僕の顔に投げつけた。僕では不足だと判断したのは君のほうだ。君を捜したのは、君に何をされたとしても、どれほど君を忘れたいと思っても、君がどこかでひとりぼっちでおびえていると思うと耐えきれなかったからだ」

ライアンは言葉を切り、顔をそむけた。再びケリーのほうを見たとき、その目は閉じられていた。

「君の質問に答えた。今度は僕の質問に答えてほしい」

玄関のドアが開く音が聞こえ、ふたりとも視線を上げた。そして、ライアンの弟ジャロッドが戸口に現れたのを見て、ケリーは恐怖に包まれた。

「やあ、兄さんが帰ってきたってドアマンから聞いて……」ジャロッドがケリーを見て、声がとだえた。「や……やあ、ケリー」

ライアンはケリーが凍りついたようになったのに気づいた。まずい。彼女はこれを僕が仕組んだことと思うだろう。確かに、三人で話し合って解決する必要のあることはあるが、いまはそのときではない。ライアンは立ち上がり、弟に近づいた。

激しい怒りと嫉妬を抑え、弟との関係修復を考えてもいいと思えるようになるまで、数カ月を要した。以前は、ジャロッドが好きなようにここに出入りすることになんの疑念もいだかなかった。弟は鍵を持っている。ライアンはいつも弟に立ち寄るよう言っていたし、弟が来るのを楽しみにしていた。

だが、それもジャロッドがケリーと寝るまでのことだった。ライアンの人生で最も大切なふたりに裏切られるまで。ようやく自分を説き伏せてジャロッドを許し、自分の人生に再び立ち入らせるようにしたとき、弟を許すのであれば、ケリーを捜してせめて彼女側の理由を聞くべきなのかもしれない、と思ったのだった。

弟との関係は完璧ではない。おそらくこの先完璧にはならないかもしれない。だが少しはましになったし、ジャロッドはまた顔を出すようになった。

ケリーを連れて帰ったいま、三人は避けられない対決をせざるをえなくなるだろう。ライアンはそれを恐れつつも、決着をつけないかぎり前に進めないとわかっていた。だが、そうするのは僕が決めたときであり、いまではない。

「間が悪かったな」ライアンは弟に近づきながら低い声で言った。

ジャロッドはそわそわした様子で、ライアンの肩越しにケリーを見た。「そのようだね。

また今度にするよ」

ライアンは振り返り、ケリーが震えながら両手を握りしめているのを見た。その顔は真っ青で、目は苦しげに大きく見開かれていた。「で、何か用事があったのか?」ジャロッドが帰ろうとしないので、ライアンは促した。

「大したことじゃないよ。土曜の夜、夕食に来いって母さんが言ってると伝えようと思っただけ。僕も兄さんにずいぶん会ってなかったし。例のリゾートの件で忙しいんだろうけどね。昔みたいにまたうまくやっていけたらいいなと思ってる」

ライアンはため息をついた。「あとで母さんに電話しておくよ。僕らはそのうちまたうまくやっていける。いまはちょっと無理だけど」

「うん。わかってる。じゃあ、またね」ジャロッドはドアのほうへ引き下がり、ライアンはそのあとを追った。一緒に部屋を出てドアを閉めると、弟がささやいた。「あんなことがあったのに、ケリーを連れ戻したのかい?」

ライアンは眉をひそめた。「彼女がおまえの子を身ごもってるかもしれないとは思わないのか?」

ジャロッドがぎょっとした。頬から血の気が失われていく。

「ケリーがそう言ったの?」

ライアンは弟の反応を見守った。「いや。彼女はそうは言わなかったが、可能性はあるだろう」

「いや、ありえない」ジャロッドが首を振った。

「おまえがそう言うならそうなんだろう」

ジャロッドはホールに出て、両手をポケットに突っこみ、振り返ってライアンを見つめた。だが、ちゃんと目を合わせようとはしなかった。「僕は避妊具を使った。ごめん、いま言うことじゃないのはわかってる。でも僕の子じゃないから」

ライアンはエレベーターのほうへ歩いていく弟を見つめた。いらだたしさとやりきれなさに絞め殺されそうだった。怒りをこらえながら家の中に戻り、ドアを閉める。つまり腹の子は僕の子なのか。ただし……。僕と弟のほかに男の影がなかったのは確かだ。そんなことは考える気にもならない。

カウチのところへ戻ってきたライアンは、ケリーの顔に浮かぶ憎しみと嫌悪の表情に意表を突かれた。何も言えずにいるうちに、彼女が骨まで凍りつくような視線を向けてきた。

「あの男がまたここに来るなら、私は出ていくわ。同じ部屋にいるのは絶対にいや」

ライアンは面食らった。「弟がしょっちゅうここに来るのは知ってるだろう」

ケリーは歯を食いしばり、こぶしを握りしめている。「なら、私はここにいるのをやめるわ」

彼女はどうしてジャロッドにそんなに腹を立てる？　腹を立てる権利がある人間がいるとすれば、それはケリーにレイプ犯扱いをされたジャロッドのほうだ。この状況全体で、筋が通ることが何ひとつない。解明しようとすることにもう疲れてしまった。

「ジャロッドは避妊具を使ったと言っていた」そう言って彼女の反応を見る。

ケリーの顔に苦悩が広がった。「当然あなたは信じるわけね」泣き出す寸前のような声で言う。

「弟は避妊具を使わなかった、君はそう言っているのか？　赤ん坊はあいつの子だと主張しているのか？」ライアンはいまになって、赤ん坊が自分の子であってほしいと心から望んでいることに気づいた。はっきりそうだと言ってほしい——ライアンは目で懇願した。僕が父親だと言ってくれ。

ケリーの顔はまた無表情に戻っていた。「私は何も主張しないわ」霜がつくような声で言う。

ライアンは猛烈ないらだちに襲われた。彼女はまた僕を締め出し、何ひとつ明らかにしようとしない。ライアンは壁をこぶしで打ち抜きたくなった。

「しばらく出かけてくる」ライアンはようやく声をしぼり出して言った。「ランチを買って戻る」

そして後悔することを言う前に、部屋を出た。

愛車のBMWを停《と》めてある地下のガレージへ向かう途中、携帯電話が鳴って思考に無理やり割りこんできた。「なんの用だ」電話に出て荒っぽく言った。

「ライアン?」険悪な気分に母の声がしみこんできた。

「ごめん、母さん。噛《か》みつくつもりじゃなかった」ライアンは車のドアを開けて運転席に乗りこむと、エンジンをかけずに背もたれに寄りかかった。

「ライアン、どうしたの?」

「なんでもない。ちょっと忙しくて。何かあった?」

「明日の夜、ジャロッドとうちで一緒に夕食をどうかと思ったのよ」

ライアンは目を閉じて、鼻梁《びりよう》をつまんだ。ジャロッドが寄っていった以上、すぐに母も知ることになるだろう。いまのうちに耳に入れたほうがいい。「母さん、知らせておきたいことがある。ケリーが僕のところにいるんだ。彼女は妊娠してる」

電話の向こうで鋭く息を吸う音が聞こえ、重い沈黙が続いた。「わかったわ」やがて母が言った。「ロバータを招待するのは論外のようね」

母の辛辣な口調に、ライアンは息を吐き出した。ロバータ・マクスウェルは、ケリーが姿を消して以来ずっと、母がライアンに押しつけていた女性だ。

母はケリーを決して認めず、ライアンが彼女と結婚するのを喜ばなかった。けれども母は礼儀正しく接した。ライアンが要求したのだ。僕が妻に選んだ女性に失礼な態度をとることは誰にも許さない。

ジャロッドとの件が起こったあと、母は意外にもそれ見たことかという顔はせず、妙に同情的だった。いまこの瞬間、母とジャロッドが何を言い出すかわからない、気まずいディナーに、ケリーを連れていくことだけはしたくない。

「ディナーはまた今度にするよ。ケリーと僕は、いまはまだ無理だ」

ライアンは別れの挨拶をして電話を切り、エンジンをかけて、ギアをバックに入れた。あてもなく車を走らせ、ふと気づくと、結局自分のオフィスがある建物に来ていた。

車を停めてオフィスに上がる。ジャンセンが驚いた顔をした。その日の朝、数日休むと言ったばかりだったからだ。

用はないかと尋ねるジャンセンを受け流して、オフィスに入り、ドアを閉めた。そして椅子にどすんと腰を下ろし、椅子をまわして窓の外を眺めた。

空は灰色で冷えこみが強い。冬でも暖かいテキサスで数日過ごし、寒い北西部に戻ってくると、体がなかなかついていかない。

携帯電話が鳴ったが、出ずにおこうかと思った。かけてきたのはキャムだった。なぜ僕が急にムーン・アイランドを離れることになったのか知りたがるだろう。キャムとデヴォンと一緒にニューヨークへ戻る予定だったのが、薄っぺらな口実とともに急いで発《た》ったのだった。

避けられないものを先延ばしにするのはやめにして、携帯を耳に当てた。

「おまえとデヴォンは戻ってきたのか？」

「ああ、やっと出た。ずっと電話してたんだぞ。おまえ、あんなにあわててどこへ行ったんだ？」

ライアンはため息をついた。「探偵から電話があったんだ。ケリーが見つかった」キャムが絶句ののちに誰かにつぶやいているのが聞こえた。おそらくデヴォンだ。

「それで？」ようやくキャムが言った。

「ケリーはヒューストンにいた。僕は島を出て、ほんとうに彼女かどうか確かめに行った」

「で？」キャムがまた訊く。

「彼女だった。ニューヨークへ連れて帰ってきた」

「何をしたって？　なんでそんなことをした？」

ライアンは耳を疑うと言わんばかりのキャムの口調にため息をついた。そして重荷を下ろした。「彼女、妊娠してたんだ」

「うわ、ほんとか。妊婦がこう次々と現れるのはなぜだ。どこからともなくブライアニーが現れたときにラファエルに訊いたのと同じ質問をおまえにも訊く。どうして自分の子だとわかる？」

「僕の子どもだと言ったおぼえはないな」ライアンは穏やかに言った。「僕が言ったのは、彼女が妊娠してたってことだ」

「へえ。で、元婚約者をニューヨークに連れて戻ってきたのは、彼女が他人の子を身ごもってるから。そういうわけか？」

「やめろ。要するに、僕の子である可能性があるってことだ。あるいは弟の子かもしれない。僕の悩みがわかってきたか？」

「悩みがいっぱいあってたいへんだな。僕にはなくてよかったよ。ケリーはそのあたりをどう言ってるんだ？」

「彼女は怒ってる。僕に対してだ。僕に不当な扱いをされているようなふるまいをする。それが解せない。誰の子どもかは彼女は言ってない」

「彼女もわかってないってことは？」キャムはさらりと訊いた。

ライアンは眉をひそめ、鼻梁をぎゅっとつまんだ。

「ごめん。でも、もしケリーがおまえとおまえの弟に加えてどこかの誰かさんと寝ていたなら、赤ん坊の父親が誰なのか見当もつかないと思うぞ」

「やめてくれ。頭が痛くなる。ケリーはそんなあばずれじゃない」

「そうとは言ってない」

「遠まわしに言った」

「おまえ、怒る相手が違うぞ。僕は単に友人として、おまえが理性を失ってないか訊いているだけだ。ラファエルが同じ問題に直面したときにあいつに言ったことをおまえに言うよ。弁護士に電話しろ。ＤＮＡ鑑定をしろ」

「そこまでしたくない」ライアンは静かに言った。「何が間違っていたのか知りたいだけなんだ」

こんな会話はするだけ無駄だ。キャムは機嫌のいい日でも情け容赦のないやつだ。ケリーのしたことを聞くが早いか、彼女をだめな人間と切り捨てた。

キャムはしばらく黙っていた。「まあ、すまなかった。混乱するのも当たり前だよな。デヴォンがちょっと話したいって言ってる」

「わかった」ライアンは虚空につぶやいた。

まもなくデヴォンが電話口に出た。

「キャムが言ったことは繰り返さないよ。何もかも同じ意見だからね。しばらく不在にするって言っておきたかったんだ」

「おや？　アシュリーと駆け落ちか？」

デヴォンはあまり上品ではない言葉をつぶやいた。ライアンはくっくっと笑った。

「違う。工事に問題があってさ。このプロジェクトはすでに遅れが出てるから、これ以上リスクを増やしたくない。現場に行ってくるよ。電話会議や折り返し電話のやりとりをするより早い」

ライアンは顔をしかめ、椅子の背もたれに寄りかかった。「いつ出発する予定だ？」

「あさってだ。もっと早く出たいけど無理なんだ。キャムは明日国外に出発するし、ラファエルにはハネムーンを抜けてこいとは言いにくい」

「ひょっとしたら、ほんとうは僕にそれをやってほしくて電話してきたのか」

「まあね。でも取り込み中だと聞いたから、僕が行くよ。明日が過ぎれば脱出できる」

ライアンは少し考え、とっさに決めた。「いや、僕が行く」

「おいおい、ちょっと待てよ。ケリーがいるんだろう。身重のケリーが」

「ああ。ケリーを連れていくよ。完璧だ。そうすればお互いに……いろいろ考える時間ができる」

電話の向こうでデヴォンがため息をつく音が聞こえた。

「本気で彼女を取り戻したいのか？　あんなことがあったのに？」

ライアンは携帯を握りしめ、窓の外に目をやった。「まだわからない。そういう決断をくだす前に、いろいろ答えが欲しいんだ。でも、もしおなかにいるのが僕の子なら、二度と彼女を放す気はない」

「わかった。行ってこい。詳細はぜんぶメールで知らせる。何か問題があったら連絡をくれ」

「そうするよ。おまえたちに変人だと思われてるのは知ってるけど、応援してくれて感謝する」

デヴォンの辛辣な返事が即座に返ってきた。「そうだ、おまえは変人だ。だがおまえが幸せになるためならなんだってやるよ」

ライアンは通話を切り、長いあいだ携帯を見つめてから、ジャンセンを呼んで一連の指示を与えた。まずはケリーをただちに産科医に診せなければならない。旅行をするにはドクターの許可がいる。もしオーケーが出たら、数日のあいだふたりきりで過ごそう。そうすれば、ばらばらになったピースを再び組み合わせることができるかもしれない。

ジャンセンのしかめっ面をよそに、買い物リストに取りかかった。ケリーには、頭から爪先まで、新しい装いを用意しなければならない。

5

ケリーはベッドの上に座り、宙を見つめていた。ここにはいられない。ジャロッドと接触する恐れのある環境にいられるはずがない。

取り乱さずにいるのが精いっぱいだった。あのろくでなしが無邪気にとまどった顔をして戸口に立っているあいだ、ただ座っていた自分に腹が立つ。でもあの男が入ってきた瞬間、体が麻痺《まひ》してしまった。

自分の無力さがいやでたまらない。あんな受け身な反応は二度と自分に許さない。今度あの男に会ったら蹴飛ばしてやりたい。そして大切な兄にどんな仕打ちをする人間であるか、ライアンにすべて話してやりたい。

ジャロッドに対する憎しみは、これまで感じたこともないほど激しいものだった。そして、私が心から必要としたときに背を向けたライアンのことも、強く憎んでいる。

やっぱりここにはいられない。

となればどうするか、ケリーは懸命に考えた。今度は衝動的に逃げたりしない。そう、確実な計画を考えよう。どこか静かで安全なところへ行こう――私の息子か娘を育てるのによい場所へ。

「出ていくんじゃないだろうね」

ドアのほうからライアンの声がした。ケリーは後ろめたさをおぼえ、やっと視線を彼の目まで上げた。一瞬でも気がとがめた自分に腹が立ち、まなざしを険しくして彼の目を見返した。

「私がここにいる理由はないわ」

「リビングルームへ来てほしい」ライアンが片手を差し出した。拒否するべきだが、彼の声に帯びた何かのせいでそうできず、大きな彼の手に自分の手を滑りこませた。彼はケリーをベッドから立ち上がらせると、リビングルームへ連れていった。

彼はカウチに座り、ケリーの手を引いて隣に座らせた。そして、震える手を髪にくぐらせた。

「僕がばかだった。すまない。君はこんなストレスやプレッシャーに耐えられる状態じゃないのに」

ケリーは口を開きかけたが、彼は人差し指をケリーの唇に置いた。

「最後まで言わせてくれ。僕は午前中ずっとオフィスにいた。非常に重要なプロジェクトで少々問題が生じたんだが、共同経営者たちは手が空かないから、ただちに僕が現場に行って処理しなければならない。君に一緒に来てもらいたい」

ケリーはぼんやりと彼を見つめた。どうして？　なぜ彼は死んだ馬にしつこくむちを打つの？　私たちの関係を終わらせたのは彼のほうだ。彼が判断をくだし、私をほうり出したのだ。

ケリーはそう言おうと口を開いたが、またもや指で黙らせられた。

「君の世話をさせてくれ。過去にあったことはしばらく忘れて、いま何をすべきか考えよう」

「ふざけないで」

「ふざけてなんかいない。こんなに真剣になったのは生まれて初めてだ。僕らには解決するべきことが山ほどある。進んで一緒に時間を過ごし、話をしようとしないかぎり、それは不可能だ」

ケリーはわっと泣き出したくなった。彼が〝以前に〟こうやって話を聞こうとしてくれていたら。〝あのとき〟話をして、理解してくれていたら。誰よりも頼りにできるはずだったひとりの人間は、冷たく私を見やって嘘《うそ》つきと呼んだ。なのに、いまになって仲直りのキスをしようというの？

ライアンがケリーの顔に触れる。その指が震えていることに、ケリーは驚いた。請い求める彼の目に、ケリーの心は揺れ動いた。こんな茶番を、私は本気で許すつもり？

「なんの強制も、約束も、義務もない。君と僕だけで、ビーチでゆったりと時間を過ごす。そこから始める。僕が頼んでいるのはそれだけだ」

「でも赤ちゃんが――」

「赤ん坊や君を危ない目に遭わせるようなことは決してしない」彼は静かに言った。「このドクターに診てもらって、旅行の許可をもらおう」

ケリーは膝の上で固く結んだ手に視線を落とした。そそられる。とても。彼は強要するのではなく、私に頼んでいる。一瞬、ケリーはふたり一緒に過ごした時間に立ち戻った。とてもやさしくて愛情深い、私の婚約者ライアン。彼と一週間を一緒に過ごしたあと、再び別れることができるだろうか。他人の言葉を根拠に、私との関係を冷たく断ち切るような人との未来はないからだ。

沈黙の中、ケリーは懸命に決断を試みた。そう、やってみよう。そこから何も生じないけれど、彼と離れて自分の人生を歩いていく前に、彼と過ごすこの時間を手に入れたい。

ケリーがうなずき、同意を示すと、ライアンの目にははっきりと安堵《あんど》が見えた。でも、気遣っているようなふりをするのは簡単だ。明らかに本心ではない。ほんとうに気遣いのある人なら、ふたりはいまも一緒にいて、結婚して、初めての子の誕生を心待ちにしていただろう。

「今日の午後、診察を受けに行こう。ドクターからオーケーが出れば、明日出発する。向こうに着いたら、君がすることになるいちばん激しい運動は、ホテルの部屋からビーチへ歩くことだよ」

「部屋は別々にして」

「スイートルームを予約した」

ケリーは眉をひそめたが、反論しなかった。

「後悔することにはならないよ、ケル」以前のように愛称で呼ばれ、危うく涙がこぼれそうになった。「大丈夫。うまくいく」

ケリーは目を閉じた。その力強い言葉でその気になるのは簡単だ。でも、真剣に過去と向き合わないかぎり、前に進むのは不可能だ。けれども私は、自分の世界が残酷にひっくり返されたあの恐ろしい日には、絶対に戻りたくない。

ドクターは、ケリーが安静とリラックスの一週間を過ごすことに諸手《もろて》を挙げて賛成し、もしむくみがひどくなったりほかの症状が現れたりした場合は、ただちに医療機関で診察を受けるよう指示をした。

ライアンはドクターの話の一語一語に聞き入り、心配そうな夫であり父親であるかのようにふるまった。それでケリーの気分がよくなることはなく、逆にどっぷりと落ちこんでしまった。ふたりの状況に希望はないという事実が意識されてしまうからだ。

アパートメントに戻ると、ドアのすぐ内側にデパートの袋がいくつか積まれていた。ケリーは好奇心たっぷりにそれらに目を向けた。どう見ても女性向けで、有名なランジェリーショップの袋もある。

ケリーは彼を見て眉を引き上げ、問いかけた。

「よかった。ジャンセンが寄っていったんだ」ライアンは袋の山のほうへ歩いていった。

「君のだよ。旅行用だ」彼は袋の持ち手を集めて持つと、すべてカウチの上に運んで、見てみるよう身振りで示した。

少々まごつきながら袋を開くと、マタニティ用のサンドレス数着と、デザイナーズ・ブランドの優美な装い一式が数点、サンダルまでも含むビーチ用の服装が入っていた。

「こんなことしてくれなくてよかったのに」ケリーはつぶやいた。

「僕じゃない」彼が答えた。「ジャンセンが代わりに買い物に行ってくれた」

ライアンの筋骨たくましいアシスタントが、マタニティコーナーをうろついて衣服を買い求めるところを想像して、不本意にも顔がほころんだ。

「ジャンセンは元気?」

「元気だよ。相も変わらず」

「これ、ありがとう」ケリーはその瞬間、何より大事なプライドをのみこんで、礼を言った。

ライアンのほほえみは本物だった。「どういたしまして。しばらく横になったらどう? 僕はスーツケースに荷物をつめる。そのあと夕食にしよう。明日は朝のうちに出発するから、今夜は早じまいだ」

ケリーは衣服をカウチに置いたまま、ゆっくりと立ち上がった。彼に態度を和らげるなんて愚かだ。一瞬でも、以前のようなふたりに戻りたいと思うなんて、愚かとしか言いようがない。

翌朝、ライアンにそっと揺り起こされたケリーは、けだるげに伸びをしてから起き出した。シャワーのあと、彼が朝食を作ってくれた。食事がすむと、彼はふたりの荷物を集めて車に運んだ。

空港までの車中、ケリーは押し黙っていた。実のところ、これから一週間ライアンと楽園で過ごすことにわくわくしていた。一方で、強制的にふたりきりになる時間が恐ろしかった。自分がまだライアンを深く愛しているのがショックだ。そして何よりいらだたしかった。

驚いたことに、ふたりが乗るのは民間機ではなかった。ライアンは島へノンストップで運んでくれるプライベート・ジェット機をチャーターしていた。

フライトはほんの数時間だが、途中でケリーはそわそわし始めた。神経過敏でいらいらしているうえに、この期に及んですっかり怖じ気《おけ》づいていた。

「背もたれを倒そうか」彼がケリー越しに手を伸ばして手伝ってくれた。ケリーが後ろにゆっくりと倒れると、彼はケリーをそっとつついて言った。「横向きになって。腰をさすってあげる」

ケリーは調子が悪すぎて彼に触れられるのを拒めず、窓のほうを向いて横向きに落ち着いた。

力強くてやさしい指がゆっくりとケリーの腰をなでたりさすったりし始めた。筋肉の凝りがほぐれていき、ケリーは心地よさにため息を漏らした。大きくあくびをすると、座席にさらに深くはまりこみ、彼の手がもたらす甘美な感覚を楽しんだ。

ほんのしばらくのあいだだけ、意識から過去を押しやった。そして未来への思いも同じように遠ざけた。集中するのは、いまライアンと一緒にいて、つきあっていたころと同じように彼がやさしく愛情深く接してくれているということだけ。

ケリーはほほえみを浮かべたまま眠りに落ちた。

飛行機が着陸体勢に入るころ、ライアンはケリーを揺り起こし、座席の背もたれを戻した。すっかりリラックスして気が抜けていたケリーは、飛行機がタッチダウンするあいだ静かに座っていた。

十五分後、ライアンはケリーを守るように彼女に腕をまわし、飛行機を降りた。彼は荷物が積みこまれるのを確認しながら、待っていた車にケリーを乗せた。そして出発した。

ふたりはビーチに面した豪華なホテルにチェックインした。ライアンが冗談交じりに言う――自分が共同経営するリゾートが完成したら、このホテルが五つ星じゃなくてふたつ星に見えるだろうと。

ケリーにはそれがとても信じられなかった。案内された広々としたスイートは、ヒューストンでケリーが暮らしたアパートメントよりも何倍も大きい。

ケリーはガラスの引き戸のほうを向いたカウチに腰を下ろした。そこから、目の前に広がるプライベート・ビーチに出られるようになっている。ライアンは荷物を片づけると、ケリーの前にひざまずき、靴を脱がせて足のむくみを調べ、かかと、足の甲、土踏まずとマッサージをした。ケリーの唇から至福のうめきが漏れる。

「気持ちいい？」

「とっても」

彼は奉仕を続けながら黙ってケリーを見つめている。ケリーが丸いおなかに手を這《は》わせると、その下で赤ちゃんがぐるっと動き、ケリーはほほえんだ。

「赤ん坊が動いてる？」ライアンが尋ねる。

ケリーがうなずくと、彼は足をさするのをやめた。

「さわってもいい？」

ケリーは彼の手を取り、さっき自分の手を当てていた部分に当てた。彼のてのひらの下でおなかがびくんと動くと、彼は驚いてぎくりとした。その顔に畏怖に似た表情が浮かぶ。

「信じられない。痛くないのか？」

ケリーはくすくす笑って言った。「痛くないわ。いつも快適ってわけじゃないけど」

彼はもうしばらくその場所に手を当てていたが、やがて名残惜しそうに立ち上がった。

「パティオで夕食をとる？　それともレストランに行きたい？」

「ここがいいわ。眺めがいいし、ほかに人がいないし」

彼はうなずき、電話でルームサービスを頼んだ。三十分後、食事がカートで運ばれ、給仕係がパティオに食卓を調えた。ふたりは黙って食事をとった。沈む夕日と、遠くで砕ける波の音を楽しみながら。

食事が終わると、ライアンにベッドに入るよう勧められたが、ケリーは疲れていなかった。たっぷり休めているし、静かなこの場所を探検してみたい気分だった。ビーチを散歩したいと言うと、ライアンははじめは躊躇《ちゅうちょ》したが、やがて同行することに同意した。

ケリーは潮の香りのする空気を深く吸いこんだ。海風が長い髪を散らし、背中からふわりと浮かせる。サンダルを脱ぎ、それを手に取ろうとぎこちなく身をかがめると、ライアンが急いで拾い、脇の下に抱えた。湿った砂に爪先をめりこませ、泡立つ波に思いきって踏みこむ。泡が足の上を流れていく。

ライアンも靴を脱ぎ、ジーンズの裾をまくり上げて、同じことをした。ケリーの体に腕をまわし、一緒に波打ち際を歩く。ケリーはもっと彼にすり寄りたい衝動をこらえた。

「遠くへ行かないほうがいい。君はこんなに長く立っていてはいけないことになってる。今回はたっぷりと休息を取る旅にするとドクターに約束した」

「半日立ちっぱなしよりずっと休めているわ」ケリーは軽く答えた。

ライアンは眉を寄せて、ケリーのウエストを手でぎゅっとつかんだ。「二度とそんなことにはならないよ」

　ケリーは答えず、スイートに向かって引き返した。ふたりでパティオのドアから中へ入り、ケリーは毛足の長いビロードのカウチに腰を下ろした。

「何か飲む？」彼が尋ねる。

「ジュースがあったらお願い」

　彼はたっぷりつまった冷蔵庫をあさり、まもなくオレンジジュースのグラスを持って戻ってきた。

「ベッドに入ったほうがいい」彼がやさしく言う。「ひと晩ぐっすり寝たら、またゆっくり浜辺を探検できるから」

　疲れてはいたが、あまりにも申し分のない一日を、終わりにしてしまうのが惜しかった。まるで幸せだったあのころへ逆戻りしたかのようで……。

　ケリーはため息をついた。思い出を延々たぐるのはやめにしなければならない。彼と過ごす時間は一週間もあるのだ。過去は問題にしない一週間。彼が過去を忘れられるのなら、私も努力しよう。そして終わりが来たら、私の中にある彼の記憶も、それほど苦いものではなくなっているかもしれない。

　ケリーはとてつもなく柔らかいカウチから立ち上がろうとしてもがき、すっぽりはまりこんでいることに気づいて笑った。ライアンが手を貸してくれ、ようやく立ち上がることができた。

ケリーはしばらくのあいだ彼の前に立っていた。彫りの深い顔をゆっくりと眺める。無防備に彼を見つめることを自分に許したのは、初めてだった。

「おやすみなさい、ライアン」ケリーはささやいた。

ライアンはまるでキスをしたがっているように見える。もしも彼がそうしたら私はどう反応するだろうか。でもやがて彼は言った。「おやすみ、ケリー。ぐっすり眠りなさい」

ケリーは自分の寝室に向かった。後悔の小さなとげがちくちくするのを感じながら。

6

その夜、ケリーは眠れなかった。べつに驚くことではない。ベッドに横たわり、過去を思い起こす。ライアンと初めて会ったとき、私はすっかり彼のとりこになり、熱く燃えすぎる激しい関係に引きこまれた。

ライアンが初めてケリーをデートに誘った日から数週間、ふたりが離れて過ごした日は一日もなかった。ひと月目の終わりには、ケリーは彼のアパートメントに引っ越し、ふた月目が終わるころには、彼にもらった指輪がケリーの指にはめられていた。

なぜあの人が私を選んだのか、よくわからない。自分を下層階級だと思っているわけではないが、ライアン・ビアズリーはとてつもなく裕福な人だ。女性ならよりどりみどりだったはずなのに。

私には家族のつながりがない。お金も名声もない。ウェイトレスの給料でなんとか食いつないでいる、ただの学生だった。

ライアンが現れるまでは。

ケリーにとっては何もかもが変わった。おそらく私は、ライアンとのおとぎ話のような日々に夢中になりすぎて、大切なことに疑問を呈することができなかったのだろう――彼が私を愛し、信頼してくれているかどうか。

ライアンが私をほうり出した日に実際に起こったことを、もう一度彼に話そうとしたら、今度はどう反応するだろう。あのときは、彼は私を信じなかった。いまになったからといって何が変わる?

思いがあの日へとさまようにつれ、涙で視界がぼやけた――。

ケリーは妊娠検査薬のスティックを見つめた。喜びと不安が同時に胸に湧き上がる。そのスティックを隠し、ライアンに告げることを想像して顔をほころばせた。打ち明けても彼は狼狽《ろうばい》しないと思う。まもなく結婚する予定だし、子どもを持ちたいという話をしばしばしていた。

ライアンに話すのが待ちきれない。今日の彼は大事な会議の予定はなく、午後はオフィスにいるはずだ。つまり、顔を出して驚かせてもいいということだ。

ケリーは浮き立つ胸を抱きしめて、ライアンの反応を想像しながら、踊るような足取りで寝室を横切った。

リビングルームで物音がして、ケリーは足を止めた。そしてほほえんだ。なんて完璧なのかしら。ライアンが帰ってきたのだ。彼はときどきランチを食べに家に寄ってケリーを驚かせる。今日のタイミングは申し分がない。

彼に声をかけようとしたとき、ジャロッドが寝室の戸口に現れた。

ケリーは一瞬言葉が出てこなかった。ジャロッドはたまにひょっこり顔を出すが、必ずライアンが家にいるときだ。

「ジャロッド、ここで何をしているの？　ライアンは仕事よ。遅くならないと帰ってこないと思うわ」

「僕は君と話しに来たんだ」ジャロッドは言った。

ケリーは小首をかしげた。「そう。どんな話？　リビングルームに行きましょう」

ジャロッドはケリーの言葉を無視して、寝室にもう一歩踏みこんだ。ケリーの背筋に寒気が走った。絶対に何かおかしい。

「いくら出せばライアンと別れてくれる？」

ケリーはショックに目を見開いた。聞き違いをしたようだ。「え？」

「聞こえないふりをしなくていいよ。君は賢い人だ。いくら払えばライアンと別れて消えてくれるかな」

「私にお金を？　お母さまがそう言えとおっしゃったの？　あなたもお母さまもおかしいわ。私はライアンを愛しています。彼も私を愛してるわ。私たち、結婚するのよ」

ジャロッドの顔に心から残念そうな表情がよぎった。彼はそわそわ身じろぎをしつつ、視線でケリーを釘付《くぎづ》けにした。「話を簡単にしてくれるかと思ったんだけどな。僕らが君に渡そうとしている金ははした金じゃない」

その〝僕ら〟という言葉で、この作戦の首謀者がライアンの母親であるのが確実になった。ケリーが余計なお世話だと言おうとしたとき、ジャロッドがもう一歩近づいた。ケリーはあわてて後ずさった。

「いますぐ出ていったほうがいいと思うわ」言いながら携帯電話に手を伸ばす。

ジャロッドがベッド越しに飛びかかり、ケリーの手から電話をたたき落とした。不意の攻撃を受けて驚いたケリーは、一瞬すきを見せてしまった。

ジャロッドはケリーをベッドに押し倒し、両手で乱暴に体をまさぐって、シャツを押し上げ、ズボンを引き下ろした。ケリーは膝を立てて股間を蹴ろうとしたが、うまくかわされて組み敷かれた。

ケリーは手荒い扱いをされ、痛みに声をあげた。激怒と同時に恐怖を感じる。彼はライアンのベッドで私をレイプする気だ。正気を失ったの？

ジャロッドの両手が、ケリーの皮膚にあざができるほどの力で動く。撃退できなければ私は陵辱されてしまう。ケリーはさらに力をこめてもがいた。

ようやく両脚のあいだに一撃を見舞うことに成功し、ジャロッドは体をふたつ折りにした。ケリーは自分の服をつかみ、横に転がって床に落ちた。

立ち上がり、あざのできた首に手を当てる。「ライアンに殺されるわよ」あえぎながら言う。「どうしてこんなことをしようと思ったの？　あなたはライアンの弟なのよ？　なんて卑劣な人」

ケリーはドアに向かった。ライアンのところへ行くことしか考えていなかったが、ジャロッドの言葉で足を止めた。

「兄貴は君の話を信じないよ」

「ほんとにどうかしてるわ」ケリーは声をしぼり出しながらドアへ走った。

でも、ジャロッドの言ったとおり、ライアンはケリーの話を信じなかった。ケリーがライアンのオフィスに到着する前に、ジャロッドは兄に電話して、ケリーが言うであろうことを正確に話した。そして、ほんとうは自分がケリーに誘惑されたこと、ケリーの不貞をライアンに告げるとケリーに言うと、彼女はジャロッドに襲われたという作り話をでっち上げると言っていたと、ライアンに話したのだった。

ジャロッドは完璧に自分の役目を演じ、自分はケリーの嘘《うそ》と欺瞞《ぎまん》の被害者だと主張した。だからケリーがライアンのオフィスに走り、〝ケリーはこう話す〟とジャロッドが予告したとおりの話をすると、ライアンは冷ややかに激怒した。そしてあのいまいましい小切手を書き、ケリーを彼の人生からほうり出した。


ベッドに横たわったケリーは、つらい記憶に頭も体も麻痺《まひ》してしまった。そしていまこの島にいて、過去を忘れることになっている。過去を後ろに残し、前に進んで、中断したところから再開する。

信じていた人々にひどく裏切られたことを忘れて。

ライアンがそっとドアをノックした。ケリーは重い思考から覚めて毒づいた。もう朝なのに、うたた寝程度しかしていない。

ベッドから這《は》い出してローブをはおり、よろよろと歩いてドアを開けた。

ライアンがスラックスとドレスシャツ姿で立っていた。仕事で急いでいる様子が見て取れた。

「君の朝食はカウンターにある。何時間か現場に出かけるけど、ひとりで大丈夫かい？」

ケリーはうなずいた。いますぐ彼と向き合わずにすむことにほっとした。

「ええ、平気よ。いつ戻ってくる？」

彼は腕時計を見た。「昼を過ぎることはないよ。レストランで昼食をとって、君がよければビーチを散歩しよう。僕がいないあいだはのんびりしていて。君ひとりでビーチに出るのは心配だな」

ケリーはあきれ顔で目をむいた。「ひとりでホテルの部屋を出るくらいできるわ」

「わかってるよ」彼は静かに言った。「単に心配なだけだ。君と一緒にいたいし」

そう言われてもケリーは何も言えず、ただうなずいた。「いってらっしゃい」

ライアンは手を振って出かけていった。ケリーはしばらく彼の後ろ姿を見つめたあと、ドアを閉めてそこに寄りかかった。

過去を忘れて前に進む試みの、第一日。

スイートのすぐ外でビーチを楽しむつもりだけれど、まずは熱いお風呂にゆっくり入りたい。

バスタブに湯気の上がる湯をたっぷりと張り、耳まで身を沈めて、至福のため息をついた。

二十分後、後ろ髪を引かれる思いで湯を抜き、バスタブから体を引き上げた。おなかがぐうっと鳴ったので、急いで身支度を整え、身だしなみ程度の化粧をした。ライアンが置いていってくれたベーグル、シナモンロール、果物をむさぼるように食べた。パンくずも残さず食べ、指をなめる。これほど旺盛な食欲を感じたのは久しぶりだし、何かをおいしいと心から思えたのも数週間ぶりだった。

ジュースをグラス一杯飲み干すと、満足げに唇を鳴らし、砂の上に敷くためのビーチタオルを探した。

宿泊客専用のプライベート・ビーチのあちこちにあるパラソルの下でライアンの帰りを待つことにした。

何時間も立ちっぱなしで、わずかな賃金のために割の合わない仕事をしてきた身には、昼日中からビーチでのんびりするなんて、堕落に思えてしかたない。この時間を心ゆくまで楽しもう。

遠くまで行くつもりはなかったので、サンダルは履いてこなかった。足の下の砂が温かく、柔らかくて、贅沢《ぜいたく》に感じられる。ケリーは満足のため息をつき、近くのパラソルに向かった。

砂の上にタオルを広げ、パラソルの角度を調整して膝を抱えて座り、うねる波を見つめた。

目を閉じて、顔をくすぐるそよ風を深く吸いこむ。こわばった筋肉がほぐれ、長いあいだ保ってきた緊張がしだいにゆるむと、昨夜の睡眠不足の影響がたちまち現れた。

まもなく目を開けているのが難しくなり、タオルの上に寝そべり、海に向かって横向きになった。パラソルがたっぷりと日陰を作ってくれている。ここでライアンを待てばいいだけだ。

昼過ぎ、ライアンはそっと部屋に入ると、あたりを見まわしてケリーを捜した。名前を呼んだが返事がない。仮眠中かと寝室をのぞいたが、すでにルームサービスが来てベッドメイクをすませていた。

ライアンはため息をついた。ひとりでビーチへ出るのを僕が心配していることを、ケリーはまったく気に留めていない。彼女の健康状態が不安なのだ。確かに自分は少々過保護かもしれないが、ケリーのこととなると過剰に反応してしまう。以前と同じように。

ライアンはパティオに出て、ケリーの姿を求めてビーチを見まわした。すぐには見つからず、砂浜に点在するパラソルのほうへ歩き出した。

三番目のパラソルで、彼女を見つけた。横向きに寝そべり、目を閉じている。そのあまりの美しさとはかなさに、ライアンの胸がうずいた。

彼女の胸が静かに上下するのを見つめる。丸いおなかを覆う花柄の布がさざ波のように動いた。彼女は裸足《はだし》で、足首のあたりにまだむくみが見て取れる。以前ほどひどくはないが、やはりとても心配だ。

ライアンはケリーの隣に腰を下ろし、そのなめらかなブロンドの髪に手を通した。彼女の腕をなで下ろし、ヒップの曲線を越えて、固いボールのようなおなかに触れた。

彼女は眠ったままため息をつき、ライアンの手にすり寄った。彼女を抱きしめたい衝動が強くこみ上げ、ライアンはそうしないために手を引っこめた。

この半年間を消去して、以前のふたりに戻ることさえできたら。いまはケリーの裏切りだけでなく、彼女が僕の子を身ごもっているという事実にも、対処しなければならない。彼女が認めようと認めまいと、子どもは僕の子だと強く感じている。それ以外のことは考えたくない。

手を伸ばし、ケリーを揺り起こした。パラソルがあっても彼女を真昼の日差しにさらしておきたくない。彼女はゆっくりと目を覚まし、眠そうな顔でまばたきをしてライアンを見た。彼女のうれしそうなほほえみに、ライアンは全身が熱くなった。

「いつ戻ってきたの？」眠気の取れないぼんやりした声で訊《き》く。

「二、三分前だよ」ライアンは言い、ほほえみかけた。「食事に行く用意はいい？」

ケリーはうなずき、手をついて起き上がった。ライアンが彼女を立たせようと手を出すと、彼女は指と指をからめ、引っぱり上げられるのを許した。ライアンは彼女の肩に腕をかけ、つかの間の睦《むつ》まじさを享受しながら、スイートへ戻り始めた。

彼女がシャワーを浴びて着替えるあいだ、デヴォンに電話をして、最新の工事予定を伝えた。数分間話をしたが、デヴォンはケリーのことを一度も口に出さず、それがライアンにはありがたかった。

友人や家族にどう思われようが、これは僕がしなければならないことなのだ。僕は世界一の愚か者かもしれないが、なんとしてもこの件を解明する。たとえ、結局は別々の道を行くことになるとしても。

自分の部屋から出てきたケリーは、目もとがすっきりしていた。ヒューストンのカフェで彼女を見つけて以来、一度もなかったことだ。以前のケリーにかなり近づいている。僕が夢中だったケリー。いつもほほえみを絶やさず、笑いじょうごで、愛情を惜しみなく差し出す人。

怒りに満ちたよそよそしいケリーは、僕の知らない人だ。

「用意はできた？」ライアンはさりげない口調を装った。

彼女はうなずいた。その背中に手を添えたとき、サンドレスの背中が開いていて肌があらわになっていることに気づいた。ジャンセンのお手柄だ。このドレスは彼女に非の打ちどころなくフィットして体の輪郭を浮き出させる。上半身はうなじのところで身頃の端を結ぶようになっていて、背中は腰のあたりまで肌が露出していた。

そこにてのひらを置いたライアンは、なでさすりたくてたまらなかった。彼女が反応し、惹《ひ》かれ合う気持ちがいまだ絶えていないことを証明するまで。

ふたりはホテル内のレストランまで歩き、人目につかない静かな席に座った。そこの大きな一枚ガラスの窓からは、海辺の景色が一望できる。

ふたりでメニューを眺めているあいだ、ライアンはちらりとケリーを盗み見た。それに気づいたのか、彼女が顔を上げて、おずおずとほほえんだ。ライアンはその青い目のきらめきに魅了されながらほほえみを返した。

彼女は……じつに美しい。いまは、再会以来しょっちゅう火花を発していた怒りは見えない。

そのひとときは、直後に激しく急停止した。

「ライアン！　ここで何してるの？」

静寂に女性の声が響き渡り、ライアンは身をすくめ、ケリーは驚いて跳び上がった。ライアンは顔を上げ、ふたりのテーブルにずんずん迫ってくるロバータ・マクスウェルを見て、小声で罵った。

ロバータがテーブルに近づくと、ライアンは立ち上がって挨拶を返した。礼儀正しく頬に軽いキスを返し、つかまれた手を抜こうとした。

「仕事で来ているんだ。それより、君のほうこそここで何をしている?」

彼女の笑い声が薄手の磁器のように鳴り響いた。「ここは私の大のお気に入りの場所なのよ。食べ物はおいしいし、ホテルも最高」彼女は警戒するような目で自分を見ていたケリーのほうを向いた。「ライアン、こちらはどなた?」

彼女がケリーを知らないはずはないし、たまたまここにいたはずもない。ロバータ・マクスウェルがセント・アンジェロに来たことなど一度もないはずだ。つまり、彼女は厄介を起こすためにここに来たとしか思えない。そこらじゅうに母のにおいがぷんぷんしていて、ライアンは怒りのあまりロバータのやせぎすの首を絞めたくなった。そして次には母の首を。出張に行くなど母に知らせなければよかった。ましてや行き先など絶対に言ってはならなかった。

「ロバータ、ケリー・クリスチャンを紹介するよ。ケリー、こちらは知人のロバータ・マクスウェルだ」

ロバータのほほえみはまばゆいほどで、彼女はライアンに向かって指をひらひらと動かした。「まあ、ダーリンったら、知人より深い関係に決まってるじゃない」

ケリーの目が険しくなった。

「ロバータ、僕らはいまふたりで食事をしているんだ。はずしてもらってもかまわないかな?」

ロバータはひるむことなく、ライアンの腕に腕をからめて、低く甘えるような声で言った。「あなたがここにいるあいだ私もご一緒したいわ。先日あなたのお母さまとお食事をしたとき、あなたがいらっしゃらなくてほんとに残念だったわ。私、お母さまが大好き」

ライアンはロバータの拘束から逃れると、数歩下がった。「悪いけど、この島での時間は予約済みなんだ。ニューヨークに戻ったら、ケリーと一緒に君をディナーに誘えると思うよ」最後の部分はわざと言った。

ロバータは目をきらりと光らせ、きっちり色を塗りこんだ唇を思いきりとがらせた。

「ねえダーリン、この浮気女をいつ連れ戻すことにしたの?」

ケリーの顔が蒼白《そうはく》になり、彼女はナプキンを打ち捨てた。ライアンはとっさに手を上げてロバータを黙らせた。「もうじゅうぶんだ。帰ってもらおう。母によろしく言ってくれ。ついでに、僕の身辺にいっさい口を出すなと伝えてほしい。君も聞いておいたほうがいいアドバイスだ」

ロバータは不機嫌そうに唇をよじり、丹念にマニキュアの施された爪をライアンの襟に滑らせた。「そんなにぷんぷんしなくていいのよ、ダーリン。あなたがこの人に礼儀正しくしなきゃいけないのはわかってるわ。おなかの子が誰の子かあなたは知らないんだから」

ロバータは軽く手を振って、優雅に去っていった。ライアンは怒りのあまり自分の椅子を部屋の向こうまで投げつけたい気分だった。だが彼の怒りも、その場で立ち上がり、こぶしを握りしめたケリーの目に光る憤りに比べれば、大したことはなかった。

7

ライアンは椅子の背を片手でつかみ、もう一方の手を髪に通した。「すまない」

「食欲がなくなっちゃったわ」ケリーはにべもなく言うと椅子から離れた。

「ケリー、だめだ」ライアンは止めた。「ちゃんと食べないと。あんな雌猫に僕らのランチを台なしにさせてはいけない」

ケリーは怒りに唇を引き結んだ。「あの雌猫は私たちのことをものすごくよく知っているようね」

ケリーはテーブルに背を向け、レストランの出入り口に向かって大股で歩いていった。ロビーに出て、長い廊下を歩いてスイートに向かう。腹立たしげにドアのロックにカードを突っこみ、ライトがすぐに緑色に光らないことに毒づいた。再びカードを差し入れ、しゅっと音がしてからハンドルを引いた。

部屋に入ってドアにかんぬきをかけ、自分の寝室に入った。ベッドの端にちょこんと腰かける。遠くでノックの音が聞こえ、ライアンの声がした。

あまりにも頭に来ていたケリーには、彼が中に入るためにわざわざパティオのガラス戸まで迂回《うかい》しなければならないことなんて、どうでもよかった。

もうまっぴら……こんな茶番――今回はどう呼べばいいかもわからない。もうなんだっていいから抜け出したい。

ライアンとその弟から屈辱を受けるだけでたくさんなのに、どこかの頭が空っぽのおばかさんにも耐えなければならないなんて。まとめて地獄に堕《お》ちてほしい。

寝室のドアが勢いよく開き、はっと顔を上げると、いきり立ったライアンがいた。怒っているのは彼だけではない。私だって引き下がるつもりはない。ケリーは立ち上がり、真っ向から彼と向かい合った。

「ケリー、いったいどうしたというんだ。こんな極端なことをするなんて君らしくない。僕を締め出してどうするつもりだ？　僕らの問題から目をそむけても、それが消えてなくなるわけじゃない」

「私らしくないなんて、どうしてわかるのよ？」ケリーは噛《か》みついた。「あなたは私のことをぜんぜん知らなかったようね」

彼の目が光った。そしてうなずいた。「それは確かに事実だな」

当てこすりにかっとなったケリーは、彼に冷たい視線を据えた。「ここを出たいわ。いまから取れるいちばん早いフライトを予約して。こんなのばかげてる。時間の無駄よ。私たちがうまくいくことなんて絶対にないわ」

彼は毒づき、ケリーのすぐ前に立って両肩をつかんだ。「僕らは同意したんだ。一週間をともに過ごして、過去を忘れると」

ケリーは信じられない思いで呆然《ぼうぜん》と彼を見つめた。「あのレストランでの惨事を見てなかったの？　あの人はあなたから聞かずにどうやって私や私たちの関係を詳しく知るというの？　あなたの下品なお友達がせっせと思い出させてくれるのに、どうやって過去を忘れろというの？」

「君について彼女に話したことは一度もない」

「だったら彼女があれだけ知ってるなんて驚きね」

「君が僕をろくに信頼してくれないのはどうしてだ？　〝僕が君を〟裏切ったわけじゃない」

ケリーはたじろいだ。

つねに問題はここに戻ってくる。彼が、私が裏切ったと信じこみ、ほかの可能性を拒絶したという事実に。

ケリーはライアンに背を向けて、沸き上がる憤怒《ふんぬ》を抑えようとした。体を震わせ、怒りにまかせて怒鳴りたい気持ちを抑えつける。

ケリーは不意に振り向かせられた。ライアンは両手でケリーの顔をはさみ、唇を押しつけてきた。ケリーは体のあいだに自分の手を割りこませて彼の胸を押したが、彼の腕がしっかりと背中にまわされ、さらに引き寄せられた。

ライアンのキスがやさしくなり、探るような動きになると、ケリーの喉から低いうめきが漏れた。彼はベッドの端へ移動して、唇のゆっくりとした動きを止めずに、ケリーをマットレスに横たえた。

「頼む、ケリー。しばらくのあいだ何も言わないでくれ。言葉は無用だ。お互いを傷つけずに話をするのはどうも無理なようだ。だから、ほんのしばらくのあいだだけ、話をせずに伝え合おう」

ケリーは彼の目を見つめ、表情を観察した。あれだけ傷つけられ、不信の念をつのらせた相手なのに、どうしてこんなに欲しいのだろう。彼の指先が頬をたどる。ケリーは目を閉じて彼の手の中に頬をすり寄せた。

もし愛の営みを許したらどうなる？　それってそんなに悪いこと？　それとも、私に対する低い評価を立証するだけ？

そう考えたとき、バケツ一杯の氷水を浴びせられたかのように、彼に身をゆだねたいという欲望が静まった。ケリーの気持ちが萎えたのを感じたに違いない。彼は体を引いてとまどい顔でケリーを見ている。

「こんなこと、できないわ」ケリーはベッドの上で急いで体を起こした。「あなたが私をどう考えているかわかっているのに」

ケリーは身を守るように胸を抱き、しわくちゃの上掛けの上に座って、注意深く彼を見つめた。

「僕に襲われるんじゃないかって顔で見ないでくれ」彼はうんざりしたように言った。「僕はその気のない女性と関係を持ったりしない」

ライアンは部屋を出ていき、思いきりドアを閉めた。

最初に彼のもとを去ったときよりも孤独を感じる。ケリーはベッドを下り、バスルームに入ってほてった顔に冷たい水を浴びせた。

鏡に映る自分を見つめる。すっかり悲しみに染まった目。涙がこみ上げる。胸が痛む。こんなふうに生きてはいけない。

水を止め、カウンターに肘をついて、両手に顔を埋《うず》めた。喉にすすり泣きがこみ上げてくる。

長かった半年、決して幸せではなかったけれど、いまの惨めさは際立っている。少なくともヒューストンでは、愛する人の顔を見ながら、その人に心の中でこき下ろされていることを実感せずにすんだ。

顔に涙をこぼしたまま寝室に戻り、ベッドの上で身を丸めた。肩が揺れ、長いあいだこらえていた涙が堰《せき》を切って頬をとうとうと流れた。

数分後、ベッドが沈んで、ライアンがケリーの頬に触れた。「ごめん、ケル」しわがれた声で言う。「泣かないでくれ。頼むから」

ライアンはやさしくケリーを抱え上げ、胸に抱き寄せた。ケリーは彼にしがみつき、肩口に顔を埋めて、涙で彼のシャツを濡《ぬ》らした。

「ほんとうにごめん。こんなことをしたかったんじゃない。君を動揺させるつもりも、いやな気分にさせるつもりもなかった。誓って真実だ」

ケリーの髪をなでる彼の声は、後悔の念にくぐもり、こみ上げる感情に震えていた。

「ロバータがここに来た理由はただひとつ、僕らのあいだにトラブルを引き起こすためだ」

ケリーはライアンにしがみついたまま身動きを止めた。私が言おうとすることは、彼をますます怒らせるだろう。でも、もう手かげんはしない。

「お母さまが私を嫌っていて、私を追い払うためならなんでもなさることを、認める気になった？　あなたが私たちのことをロバータに話していないなら、いったい誰が話したと思う？」

「わかってる」ライアンは静かに言った。「戻ったらすぐに、こんなことは終わりにさせる。約束するよ。こんなふうに君を傷つけることは二度と許さない」

ケリーはぐったりと彼にもたれた。今度こそ、どうあっても彼を信じたい。彼の見えなかった目は、ゆっくりと開いている。これはつまり、半年前に起こったことの私側の説明を、ようやく受け入れてくれるということだろうか？

ライアンはケリーの頭のてっぺんに唇を押し当て、やさしくささやいた。「僕と一緒にいてくれ、ケリー。僕らには解決しなければならないことがたくさんある。そのためには、君にここにいてもらわなければいけない。僕が君とわが子の面倒を見てやれないような、何千キロも離れた場末の街ではなく」

ライアンは慎重にケリーを離し、その濡れた頬を親指でぬぐった。彼のまなざしは苦悩に満ち、彼もケリーに負けないくらい、深く傷ついているように見えた。

彼が父親であることを否定する言葉が再び口先まで出かかったが、今度は言わなかった。言い争いをしても意味はない。それに、父親は本当に彼なのだ。

ケリーが黙ったままでいると、彼の目が希望に輝いた。

「チャンスをくれないか、ケル。君とその子の世話をさせてくれ。僕らのあいだで何がどうこじれていようと、ちゃんともとに戻すことができる」

「その楽観主義がうらやましいわ」ケリーはつぶやいた。私への信頼が欠如しているかぎり問題は克服できないことを、どう説明すればいい？

ライアンが唇を重ねてきた。あまりにいとおしそうにキスをするので、ケリーは涙が再びこみ上げるのを感じ、キスを打ち切って、彼の胸に頬を寄せた。彼の腕の中はあまりにも心地よく、すべての苦悩と憤りを水に流してしまおうかと思うほどだった。

ケリーは目を閉じた。みぞおちに恐怖が居座る。「この子はあなたの子だと言ったら、信じてくれる？」

ライアンは身動きを止め、やがて大きく息をついた。片手でケリーの頬を包み、自分の胸に押し当てた。

「信じるよ、ケル」

ケリーはゆっくりと彼の胸を押し、彼と目を合わせた。彼はいま、子どものことで進んで私を信じると言ったけれど、弟がからんだあのときは私を信じようとしなかった。それがどれほど傷つくことか。

「この子はあなたの子よ」ケリーは静かに言った。

ライアンは満足した様子で目を輝かせた。そして両手でケリーの顔をはさみ、唇を重ねて激しく奪った。

ケリーがやっとのことで口を引き離すと、唇が腫れていた。胸が激しく鼓動している。ふたりは黙ってお互いを見つめた。彼を信じるのが怖い。あまりに怖くて体が動かなくなってしまいそうだ。

「私を信じる？　私はそれを確認しなければならないの。あなたが私を信じてくれないかぎり、私たちは前へ進めないわ」

ライアンはケリーのおなかのふくらみまで手を下ろし、曲線に沿って指を大きく広げた。

「君を信じるよ」

ケリーは唇を噛み、ほかにもあらゆることで信じてくれるかどうか尋ねたいのをこらえた。信じてくれないことがあるのは、信じてくれなかったことがあるのは、痛いほどわかっている。

「ケリー？」ライアンの穏やかな声がケリーの物思いを破った。彼は人差し指の先でケリーの頬をなでた。「僕は君を信じる。ジャロッドは避妊具を使ったと言っていたし、タイミングは僕らに合っている。君がほかの誰かと寝たとは思わない。ジャロッドとはあの一度だけだったんだろう？」

ケリーは骨まで凍りついた。悲痛が心を切り裂く――修復できないくらいにまで粉々にされたと思っていた心を。ライアンにいままで以上に傷つけられることがあるとは思っていなかった。

「どうして泣く？」

ライアンはケリーの頬を伝う涙をぬぐった。すっかり当惑した表情だ。すると彼は身をかがめて、涙をキスでぬぐった。

ケリーは両手でライアンの腕につかまった。頭の中で、怒りと惨めさと悲しみがぐちゃぐちゃにもつれている。ケリーは力を振りしぼって、打ち砕かれた落ち着きを取り戻し、彼に言った。

「もしこの島での滞在にうまくいく望みがあるのなら、あなたは二度と私に向かって弟の名前を口にしないことね。こうすることを望んだのはあなたのほうよ。一週間、過去は忘れる。あなたはそう言った。それを守って。彼の話を蒸し返したら、私はここを離れる――いいえ、即座に消えるわ。わかった？」

ライアンはケリーの激しさに驚いたようだった。彼は念を押したいかのように口を開いたが、ケリーは首を振り、彼の膝から滑り下りようとした。

ライアンはケリーを再び自分に引き寄せた。

「わかった。過去は二度と蒸し返さない。約束する。ここにいてくれるね、ケリー？　僕と一緒にいてくれるかい？」

ケリーは再び目を閉じた。戦意はどこかへ行ってしまった。頭を垂れ、首の後ろをつかんでぎゅっと締めつけた。

ライアンはケリーの首の後ろに手をまわし、やさしくもみさすった。私ってそんなにわかりやすい？

「君が大切なんだ」

ケリーはライアンの額に自分の額を押しつけた。彼の猛襲は容赦なく、フェアではない。

「私、怖いの」ケリーはささやいた。

「僕もだ」

その告白に驚いたケリーは、数センチ下がり、ライアンの目に真実を探して視線を上下させた。

「そんな顔で見ないでくれ。傷ついているのは君だけじゃない。僕だって……いや、過去は蒸し返さないと約束したんだった。でも今回のことで傷ついたのは君だけじゃない。僕は君を大切に思っていた。結婚したいと思った。僕は……」

ライアンは自分の髪を指ですいた。ふたりのあいだに流れる暗い感情に疲れて、急に憔悴《しょうすい》したように見える。

「僕はやっぱり君と結婚したい」ライアンは静かに告白した。

8

告白は、飾り気なく率直に、つらそうに述べられた。まるで、その言葉が真実であるのが気に入らないかのようだ。

彼はケリーを見つめている。一秒ごとに彼の不安がつのる。

ケリーは当惑して見つめ返した。彼の告白に対してひと言も出てこない。

彼は私を愛していない。私を信頼していない。私についてとんでもなくひどいことを信じている。彼が進んで受け入れようとしているように見えるのは、私の子が彼の子ということだ。しかしその根拠は、避妊具を使ったという弟の主張だけだ。

でも彼は私と結婚したがっている。

ケリーは笑った。

ヒステリックで甲高い、耳障りな笑い声だった。

彼の目がいぶかしげに狭まった。

「僕が望んでいた反応とはだいぶ違うな」

ケリーのほうは目を見開いた。「いまのはプロポーズだったの？」

今度は笑いをのみこんだ。彼がかなり険悪な表情になっていたからだ。

ライアンは自分のうなじをつかんだ。「違う、いや、そうかもしれない。僕は中断したところから再開したいと思う。だが、そこにたどり着くまでには長い道のりがある。僕は単に、君にもまだその気があると言ってほしいんだ。ここにとどまって、解決したいと思うくらいに。じっくりと時間をかけよう。ランチの席であったようなことは二度と起こさない」

「どうやって起こさないようにするの？」ケリーは静かに訊《き》いた。「どうやってあなたの家族や知り合いに私を受け入れさせるの？　誰も受け入れないわよ、ライアン。あなたはいつも私の気のせいだと言ったけど、この場では包み隠すのをやめましょう。あなたのお母さまは私が我慢ならなかった。お友達は、あなたが私のどこがいいと思っているのか理解できなかった。そしてあなたの弟が私を、ふしだらな女だと考えたのは明らかよ。あなたが採用した意見よね」

ライアンは唐突に立ち上がった。ケリーは彼の膝の上からマットレスに滑り落ちた。

「君は過去の話はしたくないと言った」

彼はケリーの上に身をかがめて、脚の両側に手をついた。

「質問に答えてくれ。君はここにとどまるかい？　僕らがまた一緒に幸せになれるよう、がんばってみる気はある？」

ライアンはまるで即座に答えられる質問のように尋ねるが、そんなに単純な話ではない。どんなふうに答えようと、私は傷つくことになるだろう。

ケリーは唇をなめた。再び彼と深い関わりを持つなんて愚か者だと、心が叫んでいる。頭のほうは、信頼のない関係なんて運命は最初から決まっていると言っている。そして彼は私にまったく信頼を置いていないことを、すでに自ら証明している。

私以外の人々の言葉ばかりが優先される立場に、進んで身を投じる？　でも、再びライアンと一緒になることを思うと、苦痛と怒りと裏切りの下で、何かもっと深いものがうごめき、よじれるのだ。

ケリーは自分に言い聞かせた――子どもが生まれるまで彼のところにとどまり、安全な避難所と住む場所を確保するのは、何も間違ったことではない。食べるもの、安らぎ、この半年間に私になかったものすべてが手に入る。

でも、彼と一緒にいながら心を関わらせずにいられないのもわかっていた。だから決断は、許して忘れて先へ進みたいと思うか、永遠にきっぱりと手を切って先へ進みたいと思うかのどちらかだ。

ケリーの沈黙が長引くにつれ、ライアンの目から希望が薄れていった。彼はケリーからの当然の拒絶に甘んじて従う気のようだ。ケリーは、自分が彼の前に弱さをさらけ出して立ち、彼の信頼を、愛を、支えを必死に求めたときと、いまとを、比較せずにはいられなかった。

復讐《ふくしゅう》には興味はない。復讐は重い悲しみを残し、幸福も、心の平安ももたらさない。私は愚かだ。それもまた、心の平安をもたらしてくれない。

「ここにいるわ」

ケリーの口調や表情にも喜びはなかったが、ライアンの目に希望が息を吹き返した。彼はケリーの両腕をつかみ、その手を肩と首へ滑らせて、やさしくケリーをその場にとどめ、唇にそっとキスをした。

ごく単純な唇の触れ合いで、感情がたっぷり伝わってきた。胸からぜいぜいと呼吸をする彼を見て、彼がどれほどケリーの拒絶を恐れていたか、ケリーは初めて気づいた。

ライアンは唇を離して、ケリーの頬から髪を払い、そのまま顔の輪郭をなで続けた。

「午後は一緒に過ごそう。君はちゃんと食べないといけない。料理を注文するよ。ビーチで食べよう。日が沈むのを見ながら。ジャンセンに君の水着を荷物に入れてくれるよう頼んでおいたから、そうしたければ水浴びもできる」

ケリーは頬に添えられた手に自分の手を重ね、指を曲げて彼の手をつかむと、しばらくそのまま動かなかった。

「水浴びしたいわ」ケリーはようやく言った。

ケリーとライアンは、午前中にケリーが仮眠をしたパラソルに向かって歩いていった。ライアンは砂の上に毛布を広げてケリーを座らせ、レストランが用意したピクニックバスケットを開けて中身を広げ始めた。そして隣に座り、ふたりで食べた。ケリーは沖のほうを眺めながら、名前を忘れてしまった手のこんだ何かをひたすらほおばった。チーズとえびが入っていて、ほかの材料はわからないが、ともかくおいしい。ケリーはおなかがぺこぺこだった。

空が和らぎ始めていた。太陽が沈んでいく水平線に、パステルカラーの細い雲が遊ぶ。ケリーは目を閉じ、そよ風を受けて、疲れきった神経を癒した。この半年のあいだに、一生分を超える感情エネルギーを費やした。苦しみから解放されて生きたい。ほんのしばらくのあいだだけ。涙に暮れて眠れなかった夜や、傷ついて痛む心は永遠に癒えないのかと思いながら、横たわっていた夜を忘れたい。

私はここにいたい。ここでなら、この半年などなかったようなふりをすることができる。これが私のハネムーンなのかもしれない。

確かに、ライアンは世話焼きの夫という役目を演じてくれている。

「何を考えてるのか教えてくれるか？」

ケリーは鮮烈な青いしぶきから視線をはずして、ライアンのほうを向いた。

「ここにいると、なんでもないふりをするのは楽だなって思っていたの」彼の目のブルーが濃さを増し、砂浜に押し寄せる海の色より青くなった。

「そうすることもできるけど、しなくてもいいんだよ」

「ところで、建設現場の問題は片づいた？」ケリーは尋ねた。ふりをするのと現実との差を深く考えたくない。過去は忘れることになっている。少なくともこの一週間は。そうすると、話すことがあまりないのだった。

「ちょっとした行き違いだ。明日にはすっきり片づくはずだ。地元の建設業者と、プロジェクトを監督してもらうために雇った人物と、明日の午前中に合同会議をする。すべて順調なら、そのあと数日はふたりで好きなことができるよ」

「あなたはニューヨークにいつ戻らなくてはならないの？」ケリーは慎重に尋ねた。そうなるとき、この白昼夢が終わるとわかっているからだ。

「まだわからないな。急ぐ気はないよ」彼はケリーを観察しながら言った。「いまは、ここで一緒に過ごす時間に集中したい」

ケリーはうなずいた。だんだん時間がたって、受け入れるのが少し楽になった。

「ケリー、今夜一緒に寝ようか？」

ケリーは目を見開いた。

ライアンは毒づいた。「とんでもない誤解だ。僕は一緒に眠りたいんだ。ほんとうに眠るだけ。同じベッドで。君をもう一度抱きしめたい。それ以上は何もない。僕に君を抱きしめさせてくれ」

彼の腕に抱かれて横になり、彼の体に体をすり寄せ、脚と脚をからめる……あまりにも魅力的だ。

ケリーは深呼吸をしてうなずいた。彼が手を伸ばしてきてケリーの手を取り、指と指をしっかりからめた。彼は後ろに体を倒し、肘をついて支えると、ケリーを引っぱって自分の胸にもたせかけさせた。

ふたりは、ホテルの従業員がビーチのたいまつに火をつけに出てくるまで、そんなふうにしていた。宵闇が深まり、空では星がひとつ、またひとつとまたたき出す。穏やかな音楽が、ビーチ沿いにある屋外のラウンジエリアのほうから流れてくる。

ケリーは彼の肩口の曲線に頭をのせて、夢見心地で夜空を見上げた。パラソルはもうたたまれていた。

「願い事をして」ケリーはつぶやいた。「私もするから。あなたもして」ケリーは深く息をして、止めた。

そして目をつぶり、願い事をした。悲しみが忍び寄り、根を下ろす。その願いが叶《かな》わないのがわかっているからだ。

まもなく、ライアンがもぞもぞと身動きをし、そっとケリーの体を押して起こした。そして立ち上がり、ジーンズから砂を払って、ケリーに手を差し出した。

スイートに戻るつもりなのだろう。ケリーはそう思って彼の手をつかみ、立ち上がった。ところが、彼はホテルのほうへは向かわず、波打ち際のほうへケリーを連れていった。

月の光が銀のように水面に跳ね散らばる。空はどんどん星が増えて、水平線に妖精の粉をまき散らしたかのようだ。

今夜の私はなんて乙女チックなんだろう。願い事に、妖精の粉だなんて。けれども、こんな魅惑の宵にはしっくり合っているように思える。朝になって目が覚めたら、ぜんぶ夢だったりして。

そういうことなら、できるだけ長く夢の世界にとどまろう。

ライアンは何も言わずにケリーを腕に抱き、遠くから聞こえる音楽に合わせて動き始めた。ケリーは彼の顎の下に頭をおさめて寄りかかり、ふたりは風に乗ってくる穏やかな音楽と海に合わせて体を揺らした。

ふたりはどんどん密着して溶け合い、やがてほとんど動かなくなった。ケリーは彼の体にしっかりと抱きしめられ、完璧に一体となっていた。

ライアンはケリーの頭のてっぺんに頬を寄せ、足でリズムをリードしながらゆっくりとまわった。

すっかり闇に包まれるころには、ふたりは完全に動きを止め、互いにきつく抱き合って立っていた。彼はケリーの髪に指をくぐらせ、頭のてっぺんにキスをした。

ケリーは頭を後ろに傾けてライアンの目の奥を見た。切望と欲情が見えたが、希望も見えた。

ケリーのまぶたが急に重くなると同時に、ライアンはゆっくりと頭を下げた。唇が近づいてきて、触れ合いそうになる。吐息が混じり合い、視線は互いの目を決して離れなかった。

音楽が静かに流れる中、彼はケリーにキスをした。ケリーがこれまでに受けたキスの中でも最高にロマンチックですてきなキスだった。この人は私を大切にしてくれていると、言葉以上に語るキスだった。彼は私を求めている。彼は私を手に入れるだろう。

ライアンはようやく口を離した。月の淡い光を浴びながら、ケリーを腕に引きこみ、しっかりと抱きしめた。

9

ケリーはネグリジェをかぶって着ると、注意深く自分の体を見下ろした。このネグリジェは間違いなく美しい。ふわりとしたレースとサテンが、体の曲線をくまなく浮き立たせる。

でも露出が多いような気がする。胸は大きすぎるし、おなかもかなり大きくなって、足はもう見えなくなってしまった。

ケリーはドアに目を向けた。寝る支度をしたら、ライアンの部屋へ行くことになっているのだが、そのわずかな移動ができそうになかった。

ライアンを信頼していないわけではない。信頼できないのは自分だ。この人のことで、私はすでにじゅうぶんに愚かなまねをしている。再び彼の腕に抱かれ、その胸に身を寄せたら、私はかろうじて残しておいた良識をも失ってしまうだろう。

ケリーはため息をつき、ベッドの端に腰を下ろした。悲しいけれど、こうしたためらいもまた、ふたりの関係にひびが入っていることを示している。以前の私は、ライアンのまわりにいて行動を控えることなどなかった。

ライアンはよくノートパソコンを持ってベッドに寄りかかり、眉間にしわを寄せて何やら集中していた。ケリーは一糸まとわぬ姿でベッドにもぐりこんでちょっかいをかけ、彼にパソコンも仕事も忘れさせてしまうのだった。

なのにいまは、彼の寝室へ入っていくことすらできない。

ノックの音がして、ドアが少しだけ開いた。ライアンが顔を出し、ベッドに座るケリーを見た。

「大丈夫かい？」

ケリーはうなずいた。

ライアンはドアを大きく開けて部屋の中に入ってきた。ケリーの前に立ち、それから横に腰かけた。何も言わずに、ケリーの膝にてのひらを上に向けて置き、そこに彼女が手をのせるのを待っている。

まもなく、ケリーは彼の手に自分の手を滑りこませた。彼は指をからませてそっと握った。それから立ち上がり、ケリーの手を引いて立ち上がらせた。

「お互い疲れてる」ライアンが言う。「もう横になろう。明日のことは明日になってから心配しよう」

ケリーの知るライアンらしくない物言いだった。彼はすべてにおいて徹底的に計画を立てる人だ。スケジュール、リスト、手帳、カレンダー。明日を心配するだけでなく、来年のことまで心配する。

ライアンはケリーを自分の寝室に連れていき、ベッドに入るよう身振りで示した。彼は少し距離を置いたままだった。おそらくケリーの明らかな不安を尊重してのことだ。ケリーは深呼吸をして、上掛けの下にもぐりこみ、彼がベッドに入ったときに顔が合わないよう体の向きを変えた。

ケリーの後ろでベッドが沈み、上掛けの下に入ってきたライアンのぬくもりを感じた。彼は数秒身じろぎしていたが、気がつくとケリーの背中にぴったりとくっついていた。

彼は片腕をケリーの体にかけ、引き寄せた。ケリーの髪に鼻をすり寄せ、そして耳に頬をのせてきた。

ケリーは取り乱さずにいるのが精いっぱいだった。とても久しぶりだ。こうするのが正しいと感じられる。彼の腕の中で過ごした幾晩もの夜のように。私はずっと彼が恋しかった。

信じられないくらいに恋しかった。

「過去はなしだ」ケリーの耳にライアンがつぶやく。

「あるのはいまだけ。僕たちふたりだけだ」

彼はケリーの首にキスをして、さらに少しすり寄った。片手をいとおしげにケリーのおなかにかけている。ほろ苦いひとときだ。ふたりはずっとこうしているべきだったのだから。

「気分を楽にして眠るんだ、ケル。僕はただ君を抱いていたいだけだから」いかにも不思議なことに、それはケリーの望みでもあった。

ケリーが目を開いたとき、最初に意識に入りこんできたのは心地よさだった。そして温かさ。次に気づいたのは、自分がライアンの上にのっていることだった。

それだけではなく、まるで彼を所有するかのように、手脚を思いきり広げている。頬は彼の肩に貼りつき、額は彼の首の横に押し当てられていた。

一緒に住んでいたころ、毎朝私が目覚めたときの姿勢だ。

こんなふうに内面が表れたことに唖然《あぜん》としつつ、そっと離れようとしたが、ライアンの腕が巻きついてきた。

「行かないで。気持ちいいから」

ケリーは頭を上げて、寝ぼけまなこではない目をじっと見つめた。ライアンはしばらく前から起きていて、私に毛布のように覆われて横になっている状態を満喫していたに違いない。

「ひとつ変わっていないことがある」彼は言いながらケリーの頬に触れた。「君は寝起きの顔も美しい」

ケリーは彼の声に響く誠実さに心を打たれ、その言葉に浸った。自分が正気かどうかを問う間もなく、ためらいながらも彼と唇を合わせた。

ライアンはケリーのほうから行動を起こしたことに驚き、喜んだようだった。ケリーが彼の引き締まった唇を探るあいだ、彼はじっと横たわっていた。

やがて力強い手がケリーの上腕をつかみ、その場にとどめながら、ライアンはキスを返し始めた。最初はまるで求愛するようにやさしく、そしてしだいに激しくなった。彼の呼吸が速まり、ケリーの口の中にリズミカルな吐息が送りこまれる。

彼はケリーの舌先を吸い、次はケリーが彼の舌先をしゃぶった。

ケリーはいつの間にか仰向けになっていて、彼が上にいた。ケリーの両脚のあいだに膝をつき、ケリーの口をむさぼっている。

熱く、速く、息をもつかせぬキス。やがてゆっくりとやさしいキスになった。彼は身頃をとどめている小さなふたつのボタンを片手ではじいた。生地が左右に分かれ、ケリーのはち切れそうな胸がネグリジェの中から現れた。硬く立った胸の先にサテンが引っかかり、彼は執拗《しつよう》に引っぱって一方の乳房を完全にあらわにした。

彼はまるまるとした隆起を手で包み、顔を下げて胸の頂を口に含んだ。

ケリーの血管にアドレナリンがほとばしった。強く吸われ、彼の下で身をよじる。ケリーは彼の短く刈られた髪に指を差し入れ、頭の後ろをつかんでその場に引きとどめ、無言で続きをせがんだ。

ライアンはケリーの胸の先を引っぱり、自然に口から離れるまで頭を後ろに引いた。そして視線を上げてケリーの目を見た。彼の目にある表情を見たとき、ケリーの下腹部にぞくぞくとした感覚が走った。

「君と愛し合いたい、ケル。君が欲しくてたまらない。だが、これで状況が悪くなるだけならやめておく。君も僕と同じくらい望んでいる必要がある」

「私ももっと欲しいわ」ケリーはかすれ声で言った。本心だ。私はいつも彼を求めていた。切望していた。

いま彼の顔を見、体を重ね、唇で触れられて、記憶がよみがえってきた。ずっと幸せな記憶が。ふたりのあいだに何ひとつ問題がなかったころの。

でもほんとにそうだった？　何もなかった？

ケリーはしつこくつきまとう黒い影を振り払い、手を浮かせて彼の頬をなでた。

「私もあなたを必要としているわ」

ライアンの目に炎が上がった。満足と勝利を目に輝かせ、再びケリーの唇を奪った。

彼はようやく口を離すと、片側に寄ってケリーを腕に抱き、まるでケリーが壊れやすい貴重なガラス細工であるかのように抱きしめた。

彼は長いことケリーをくまなく視線で愛《め》でていた。やがてケリーの肩に手を滑らせ、ネグリジェのストラップを腕に引き下ろした。

もう一方のストラップも指に引っかけ、丸いおなかの上にネグリジェのひだが寄るまで引き下ろした。

そして片肘をついて体を起こし、ケリーに腰を持ち上げさせて、ネグリジェを完全に取り去ると、ベッドの外にほうった。

ケリーは下着だけの姿となった。それが彼の視線や手に対してバリアとなる気はしなかった。

ライアンはケリーの腰骨のすぐ上に手を添え、丸く硬いおなかのふくらみをそっとさすった。

「僕らの子どもだ」彼はかすれた声で言った。

そしてケリーの上にかぶさり、頭を低めて、おなかの真ん中にやさしく唇を押し当てた。

そのしぐさを見て、ケリーの目に涙がこみ上げた。急に喉につまった塊をごくりとのみくだす。

「すてきだ」ライアンがつぶやく。「娘の成長を見逃し、君のおなかが大きくなる様子を見逃し、体型が変わるのを見逃したのはとても残念だ。君は信じられないくらいにセクシーだよ」

「娘？　あなたも女の子だと思う？」

ライアンはケリーを見下ろしてほほえんだ。「君がいつもそう言ってるからね。でも、この子が女の子だろうが男の子だろうがかまわない。君もこの子も健康でいてほしいだけだ」

ケリーは軽いめまいを感じた。お酒も飲まずに酔ったかのようだ。

彼は手を下のほうへずらし、腰骨を越えて、濡《ぬ》れたひだの内側に差し入れた。ケリーは敏感な突起に触れられ、びくりとして、やがてうめきを漏らした。彼が熱いケリーの中へ人差し指を差しこんだのだ。

「君の反応のし方が好きだ。いつも好きだった」

ケリーは落ち着かずに身動きをした。敏感に震える体を、ライアンがやさしく探求する。ケリーはすでにぎりぎりのところにいた。なのに彼は触れ始めたばかりだ。ケリーはもどかしくなった。いますぐ彼が欲しい。でもこの感覚をあっという間に終わらせたくない。何カ月も彼がいなかったのだ。彼と一緒の瞬間をすべて味わいたい。

「脚を広げてくれないか」彼がつぶやく。

応じないことなどできず、腿の力を抜いて自然に脚を開いた。彼がベッドの下のほうへ移動する。彼は体を立て、マットレスに膝をついて、ケリーの腿のあいだに入りこんだ。情熱と欲望のくすぶる目で、飢えているかのようにケリーを見つめる。そして体を低くし、片手をケリーの腿のあいだに差しこんでさらに広く開いた。

彼の頭が下がっていく。ケリーは鋭く空気を吸い、期待に息をつめた。ひだに、中心に、彼がキスをする。やさしい羽根のようなそのタッチに体が震えた。

ライアンはケリーのひだを慎重に指で開き、あらわにすると、そこにキスをした。そのまわりを丁寧に舌で愛撫《あいぶ》されて、ケリーは背を弓なりにそらした。

ケリーは目を閉じた。両手を強く握りしめてシーツをぎゅっと集める。そして、体が炸《さく》裂《れつ》した。

強烈。最高。すばらしい。

　ケリーの中の何かが粉々になった――そんなふうに感じられた。鋭い快感の波が強烈な激しさとともに次々と押し寄せてくる。

　ケリーは軽くあえいだ。空気が肺からしぼり出されて呼吸困難に陥ったように感じられる。ケリーの腰はリズミカルにマットレスから浮き、彼は鼻をすりつけてケリーを引き下ろそうとする。

　ケリーが正気を取り戻すと、ライアンがその青い目を満足げに輝かせてこちらを見つめていた。まるで彼は言葉のないメッセージを送っているかのようだ。〝君は僕のものだ〟

　ライアンはケリーの両脚の下に手を入れて持ち上げるようにしながら、自分も体を起こした。少し後ろに下がって、ケリーが完全にさらけ出されると、その入り口に彼自身を据えた。

　熱く硬い彼に裂かれてしまいそうな感覚に、ケリーは息をのんだ。それからライアンはひと息に深く差し入れた。

　ケリーが猛烈に渦巻くオーガズムに再びほうりこまれるにはそれでじゅうぶんだった。彼が前後に動き始めたときもまだ絶頂にいた。ケリーの体は彼をとらえ、きつく締めつけた。

「こらえきれない」ライアンが言う。「気持ちよすぎる。久しぶりだし。ごめん」

ケリーは手を伸ばして彼の肩をつかみ、自分に引き寄せた。彼はケリーの両脇に手をついて、彼女のおなかに重みがかからないようにした。

彼は今度は強く突いた。ケリーの奥深くにとどまったままの彼の体に、震えが走るのを感じた。

ライアンがケリーにキスをする。貪欲に。情熱的に。こんなに必死な彼を見るのは初めてだ。ふたりのセックスはいつもすばらしかったが、彼がこんなに早く自制を失ったことはなかった。

ライアンの唇の震えがケリーの唇に伝わってくる。ふたりはしっかりとからみ合っていたが、彼はケリーがつぶれないようかろうじて支えていた。こんなふうに密着していたい。とくにいまは。ケリーは彼を促して、そのまま横向きに一緒に転がった。

ふたりの脚はからみ合い、腕は互いをしっかりと抱きしめ、そしてライアンはまだケリーの奥深くで脈動していた。

ケリーは彼の顎の下に頭をもぐりこませ、彼の香りを吸いこんだ。頬に彼の不規則な鼓動を感じる。

ふたりのあいだに起こったことをすべて忘れるのは簡単だ。苦痛と孤独の半年を忘れるのは簡単だ。ふたりは一度も離れたことがなく、いまふたりが暮らすアパートメントのべッドで目覚めたところだと想像するのは簡単だ。

そしてケリーは、ほんの一瞬、かすみのような幸福感が重い現実の下で霧散するのを拒絶した。

10

ライアンはケリーを腕に抱いて横たわったまま、たったいま起こったことを整理しようとした。表面的にはきわめて短時間の、きわめて熱い性交渉だ。

だがもっと深く見れば、単なるセックスではない。もしそうなら、心臓が胸から跳び出しそうにはならないはずだ。圧倒されるあまり、自分の感じていることをどう分析すればいいか、見当もつかないようなことにはならないはずだ。

ライアンはケリーの頬に触れ、目を見つめられるくらいまで慎重に彼女を引き離した。そこには明白な感情があった。とことん打ちのめされた表情。彼女はとてももろく、はかなく見える。そしておびえている。死ぬほどおびえている。

彼女は僕を恐れている？　こうなってしまったことを恐れているのか？　ふたりのあいだに高まっていた強い緊張に屈したことで、自己嫌悪に陥っているのなら、僕は耐えられない。

「何を考えているんだい？」ライアンはかすれた声で訊《き》いた。「後悔していないと言ってくれ、ケル。なんでもいいから後悔だけはしてほしくない」

ケリーはゆっくりと首を振った。ライアンの中で何かがゆるむのを感じた。ほっとした。ケリーなどいないほうがいいと、解放されてよかったと、必死に自分に言い聞かせてきたが、もはや嘘《うそ》はつけない。

僕はケリーを求めている。過去に何をしたとしても、彼女を取り戻したい。婚約を破棄してアパートメントから、僕の人生から出ていくよう彼女に命じたあと、僕は彼女との関係を顧みざるをえなかった。おそらく僕にも悪いところがあったのだろう。仕事に時間を取られすぎていたのかもしれない。彼女をほったらかしにしていたのかもしれない。ともかく、何かが恐ろしく悪いほうへ転じた。それが二度と起こらないよう、原因を突き止めなければならない。

ライアンはこらえきれずに彼女の額に、そしてまぶたに片方ずつキスをした。左右の頬骨にもそっとキスをして、耳を軽くしゃぶってから唇へ移動した。

驚いたことにライアンの股間が硬くなり、彼女のサテンのような肉体の中で大きくなった。ライアンが腰を伸ばして彼女に押しつけると、彼女は低く甘い声を漏らし、ライアンの肩をぎゅっとつかんだ。

ライアンは前後に動きながら自分の脚で彼女の脚を押し上げ、もっと楽に届くようにした。

「こうして横向きでするのは好きかい？　苦しくない？　上になるほうがいい？」

ケリーが顔を赤らめ、ライアンはほほえんだ。彼女の内気な面が急に出てきたことがうれしかった。彼女は以前はイニシアチブを取ることに臆することはなかった。ライアンは急に彼女のそういう部分を引き出したくなった。

返事を待たずに彼女を抱きかかえ、回転した。彼女はライアンにまたがる形となり、ライアンの胸に両手をついてバランスを取った。

彼女に熱く締めつけられたライアンは歯を食いしばり、目を閉じて、呼吸を安定させようとした。初回は自制を失ってしまった。今度は長続きさせたい。

ケリーはライアンの脇腹を膝でしっかりはさみ、ほんの少しだけ腰を浮かせると、再び体重をかけてシルクのようななめらかな熱さでライアンを包んだ。ライアンの額に玉の汗が浮かんだ。

彼女はためらいか多少の不安を感じているようだ。ライアンは彼女が初めて見せるこの内気さに死ぬほど惹《ひ》きつけられた。ライアンは彼女に手を伸ばし、自信を取り戻させようとしたが、両手が彼女の豊かな体をなで上げ、大きなおなかを越えてゴージャスな胸へいたると、ライアンはこうやって触れて彼女に快感を与えること以外のすべてを忘れてしまった。

ライアンは丸い乳房をさすり、これまでにない豊かさを楽しんだ。乳首は色が濃くなり、以前より突き出している。それを再び味わいたくてライアンの口に生唾が湧いた。

「君の体が大好きだ。ほんとうに美しい妊婦だ。君に触れないではいられないよ。頭がどうにかなりそうだ」

するとケリーはほほえんだ。輝くばかりのほほえみがライアンの魂に達した。彼女の目は明るくきらめき、ライアンはまるで世界をひとすくい手渡されたような気分になった。

それだけのことでこんなふうにほほえんでくれるなら、彼女がどんなに美しいか、僕は一日も欠かさずに告げよう。

ケリーはライアンの手をつかみ、指と指をからませて、そこを支点にして腰を浮かせ、柔らかな内部で彼の長さを摩擦した。

ライアンがしゅうっと長く息を漏らして耐えると、彼女は再び腰を落としてライアンを体内におさめた。「正気を失いそうだ」ライアンがつぶやくと、彼女はほほえんだ。そしてゆっくりとリズミカルに体を揺すり始めた。

ふたりの視線は互いの目を離れなかった。一度も脇見をせずに、ケリーはライアンを究極の解放に向けてどんどん駆り立てていった。

彼女の呼吸がより速く、不安定になっていく。顔を紅潮させてライアンを締めつけている。絶頂が近いようだ。ライアンはもっと近い。だがライアンは彼女を先にいかせることにした。

そのためには集中力のすべてが必要だった。ライアンの体に力が入る。苦しいほど硬直させていると、彼女が脈動して潤いが広がり、その体が震えた。

ライアンは彼女を引き下ろし、ふたりの動きの主導権を取った。体をなでさすり、髪にキスをして、彼女がどんなに美しいかつぶやいた。

ついに最後のオーガズムが彼女の全身にとどろき、そしてライアンのオーガズムが始まった。

ライアンは握り合った手をふたりのあいだに持ってきた。ふたりの胸の上に。心臓の上に。ライアンは激しく突き上げた。

彼女はライアンの上に倒れこみ、ぐったりと力を抜いて、ライアンの首に顔をすりつけた。そのしぐさのかわいらしさに、ライアンはほほえんだ。

彼女の愛情が恋しい。彼女はいつも僕に触れるか、キスをするか、ただほほえむかしていた。そんな接し方が恋しい。

僕はずっと彼女が恋しかった。

いま、ケリーが二度といなくならないようにする方法を見つけなければならない。セックスがすべてを解決するとは一瞬も思わない。

簡単にいかないのはわかっている。ふたりのあいだには多くの疑いと心の傷があるが、どうにかしてもとに戻る道を探さなくてはならない。ほかの道など考えたくもない。

僕が進んで過去を忘れれば、彼女はやり直してみようという気になるのではないだろうか。僕が彼女を裏切ったのではないのだし。

だが、彼女は深く傷つき、大いに怒っている。彼女の中の何かが壊れている。それは、彼女をアパートメントからほうり出したときに僕がしたことなのか？　彼女は僕がどうすると思っていたんだ？

ライアンは彼女の髪をなで、過去に巻きこまれないよう自制した。僕は心に決めた――彼女に約束した――すべてを忘れ去ると。

僕が進んでそうすれば、彼女も喜んで過去を葬るはずなのに、そうしない理由がわからない。

「ベッドで朝食をとろうか」ライアンは言った。

「いいわね。なんだか動けそうにないわ。急にけだるい気分になっちゃった」

ライアンはほほえんだ。ベッドの中で睦《むつ》まじく食事をとることほどすばらしいことはない。僕にまかせたら、ふたりとも終日寝室から出ずに終わるだろう。

「ルームサービスを頼んでくる。君はここでのんびりしていて。すぐに終わるから」

ライアンはケリーの鼻にキスをして、温かい彼女の体から慎重に自分の体をほどいた。彼女を横向きにして寝かせ、しわくちゃのシーツを引っぱって体にかけてやると、ナイトスタンドの側へ転がり、体を起こして足を床に下ろした。

ちらりと後ろを見ると、ケリーがたちまちライアンの枕を奪い取るのが見えて、思わず笑った。以前に彼女がしていたこととまったく同じだからだ。

ライアンは電話を取り、朝食をふたり分注文して、またごろりと寝転がってケリーのほうを向いた。

「枕は返さないわよ」彼女がつぶやく。

ライアンはほほえみ、頭をてのひらで支えた。「大切な人のくつろぎを僕が邪魔したような言い方はしないでくれ」

ケリーは片方の眉を引き上げ、ライアンを観察している。彼女の頭の中で何かがぐるぐるまわっているのが見え、ライアンは、彼女が考えていることを言い出すかどうか、待ってみた。

「私、そうなの？」ケリーはようやく言った。

ライアンは眉間にしわを寄せた。「何が？」

「私があなたの大切な人ってこと。私、これがなんなのか知りたい。私たち、またつきあってるの？」

ライアンは深々と深呼吸をした。ここは正しく応えるのが肝心だ。彼女にいてほしいと思う場所に、ここまで近づけた気がしているときに、すべてを台なしにすることだけは避けたい。

「君しだいじゃないかな」ライアンは無頓着に言った。「僕が何を望み、僕らの関係をどうしたいか、僕は明らかにしてきたと思う。いまは、これが君の望む場所かどうか、君が判断するときだ。思いきった飛躍をしなきゃならないと言ってるんじゃない。だが、少なくとも問題を解決できるように一緒にいることにすればいいと思う」

ケリーがごくりと唾をのみ、その目に再び恐怖が浮かぶのが見えた。彼女が何をそれほど恐れているのか、正直言ってわからない。僕はそこまで恐ろしい怪物なのか？　本気で僕が悪いと思っているのか。彼女の不貞に対して僕がとった反応を責めているのか。

「そんなこと、考慮するだけでも愚かだと、私の理性が言ってるわ」彼女がつぶやいた。

「君の心はなんと言ってる?」ライアンはやさしく尋ねた。

彼女はため息をつき、困惑した目で見つめてきた。その青い目に感情が波立っている。

「私の心は、私はこれを望んでいると言ってる。望むべきではないとどれほど思おうと、やっぱり望んでる。セックスのあとで頭がぐちゃぐちゃしているときに、私たちの関係について話し合うのはタイミングが悪いかもしれないわね」

ライアンは彼女の唇に人差し指で触れた。「最高のタイミングだよ。ふたりとも緊張がほぐれてる。ふたりきりだし。なんの障害も壁もない。お互いの気持ちがあるだけだ」

「ライアン、あなたはどう感じてるの? ほんとうにこうしたいと望んでる?」

「もちろんだ。君に捨てられることを思うと胃が痛くなるくらいだ」

ケリーは目を見開いた。「でも私があなたを捨てたことなんてないわ」

ライアンは息を吐き出した。「その話はやめにしよう。要するに僕は〝いま〟君に捨てられたくないってことだよ。考えるだけでたまらなくなる」

「わかったわ」彼女は聞こえないくらいの小さな声で言った。

ライアンは手を伸ばして彼女の顎を上げさせた。「わかった?」

「私、ここにいたい。どうすれば解決させられるのか見当もつかないけど、試してみたいわ」

ライアンは達成感に貫かれ、一瞬、呼吸ができないほどだった。

「がんばろう」ライアンは誓った。「ふたりで解決して、今度はうまくいくように努力しよう」

11

「あの人、あきらめてないみたいよ」ケリーは、決意の表情でこちらのテーブルに近づいてくるロバータを見て、つぶやいた。

ライアンが顔を上げた。彼はあっぱれにもため息をつき、目前に迫る妨害に本気でいらだっているように見える。午前中と午後のほとんどをベッドで過ごしたのち、やっとディナーのために部屋を出たら、こうしてロバータが鷹《たか》のように旋回しているとは。

ケリーは嫉妬しているわけではなかった。正直言って、ロバータはライアンの好みのタイプではない。ケリーが気に入らないのは、どうもライアンとのことが知れ渡っているらしいということだ。それが、彼の家族も友人もケリーを忌み嫌っているという、ケリーの言い分を証明している。

ライアンもようやくその事実を受け入れようとしている。受け入れても何も簡単にはならないが。

愛は〝すべて〟ということになっているけれど、近親者に嫌われることが耐えられないほどの重圧となるのを、ケリーは思い知った。愛する人の家族がことあるごとにあらゆる方法で〝認めない〟と知らせてくるのに、誰が幸せになれる？

はじめは、ふたりともあまりにも世間知らずだったのかもしれない。今度はもっと強くなれるだろう。でも、ライアンがジャロッドに関する真実を知ったら、どうなる？　自分の母親があの出来事にどう関わっていたかを知ったら？

やっぱり私は、彼と家族を引き裂くくさびとなってしまうだろう。私と彼の関係は、二度目もうまくいかないかもしれない。

ロバータがテーブルの横で立ち止まり、身をかがめてライアンの両頬にキスをしたが、ライアンが顔をそむけると、彼の唇をとらえて口紅で汚した。

またもや不愉快な場面を見せつけられ、ケリーはため息をついて後ろにもたれた。

「ロバータ、いったいなんなんだ」

今度はライアンも礼儀をわきまえようとはしなかった。

「あら、さよならを言いに来ただけよ。明日の朝の飛行機で帰るわ。あなたがたがニューヨークに戻ったら、日を決めてご一緒できたらいいなと思ったの。あなたのお母さまがみんなでディナーをどうかって」

ロバータは横目でケリーのほうに軽蔑の——そして挑戦的な——視線を送ってきたが、ケリーはわざとあくびをして退屈そうな表情を返した。

ロバータは眉をひそめたが、またライアンに熱心に話しかけた。「今度の週末はどうかしら？　ケリーはきっとかまわないわよね」

「いや」ライアンはきっぱりと言った。「話が終わったなら、お引き取り願いたい」

「電話するわ」ロバータはつぶやいた。そしてケリーがぞっとするようなしぐさで、ライアンの顔に触れ、長い爪を彼の顎まで滑らせると、彼に向かって指をひらひらさせて去っていった。

ライアンは唇を引き結んで向き直った。「すまない、ケル。僕が気を持たせているわけじゃない。わかってくれ」

ケリーはほほえみ、口紅をぬぐうためのナプキンを手渡した。「ええ。それくらいわかるわ。あの人……恐ろしく頭の血のめぐりが悪い人ね。あなたがあんなに冷たくはねつけたのに。あなたのお母さまは彼女に何を約束したのかしら」

ライアンは顔をしかめて唇をぬぐった。そのナプキンの赤い汚れを見て、ますます顔をしかめる。そしてテーブル越しに手を伸ばし、ケリーの手を取った。「僕らのすばらしい日を、彼女にぶち壊しにさせるのはよそう」

ケリーはあきれ顔で天井を見た。「男の人にセックスを許すと、こんな最高の日はないってことになるのね」

ライアンはにやりと笑った。「それはあるけど、君とするのはただのセックスじゃないからね」

ケリーは心からそう言うライアンの声を聞き、うれしくて顔を赤らめた。彼の言うことなら、どんなに途方もないことでも信じてしまう。たとえば、いま直面している深刻な問題をほんとうに解決することができるとか。

「それで、ディナーのあとは何をするの？」ケリーは軽く尋ねた。

「またビーチを散歩するのはどうかな？　途中でダンスをしにラウンジに寄ってもいいし」

「ゆうべのダンス、とてもよかったわ」ケリーは夢見るような声で言った。「あなたと私だけ。ほかに誰もいなくて。ほんとにすてきな夜だった」

「君がよければ、明日は外に出かけて少し観光でもしようか。コンバーチブルを予約しておいたんだ。それで好きなところをドライブしよう。屋根を開けて、風に髪をなびかせて」

「楽しそう」単に何かを楽しむなんて、ずいぶん久しぶりだ。ケリーはほほえんだ。時間が過ぎるにつれ胸が軽くなっていくのを感じる。

ケリーは衝動的に彼の手をぎゅっと握った。

「君がまた笑ってくれてほんとにうれしいよ。君の笑顔は美しい。僕は君に幸せな気分でいてほしいんだ。君を幸せにするためなら僕はなんでもする」

それを聞いて、心の傷と怒りがまた少し薄れるのを感じた。ひょっとしたらほんとうに過去を乗り越えて前に進めるのではないかと、初めて思えてきた。

ライアンは心からそう言っているように見える。過去に私のことをどう思っていたとしても、そういった感情を押しのけてやり直そうとしているように。私のことを大切に思っていないのなら、どうしてそこまでのことをしようとする？

「うまくいかせたいわ」ケリーは真剣に言った。心からそう思えたのは初めてだった。


「足を見せて」ライアンが言いながら、カウチのケリーの横に腰をかけた。

彼は手を伸ばしてケリーの両足を取り、自分の膝の上にのせた。医者のように丹念に足を調べ、むくみを確かめる。そしてやさしくマッサージを始め、ケリーはあまりの気持ちよさに脱力した。

「いい感じだ。むくみがちょっぴり減ってる」ライアンは両手で土踏まずをさすりながら、ケリーを見つめた。「調子がよくなったようだね」

「ありがとう。たぶん」ケリーはおどけて言った。

彼の表情が真剣になった。「ヒューストンで君を見つけたとき、君は疲れ果ててぼろぼろだった」

「そうだったわね」ケリーは認めて言った。「でもその話はあまりしたくないわ」

「また立ち入り禁止区域？」

ケリーは肩をすくめた。「いいことは何も出てこないもの」

「今夜は立ちっぱなしにさせてしまったかと心配だった」ライアンがマッサージを続けながら言う。「でもビーチでのダンスは楽しかったよ。君を抱く口実になった」

ケリーはほほえみ、後ろにもたれて、彼の手が生み出す快感に浸った。「気分はいいわ。ほんとうよ。あまり疲れていないし。妊娠初期以来こんなにエネルギーがあるのは初めて。四六時中立ちっぱなしでくたくたになってしまってたから」

ライアンは何も言わず、陰鬱で真剣な顔をしていた。ケリーのかかとをマッサージし、爪先のほうへ移った。

口に出したくない何かと闘っているようだ。

しかしやがて目を上げて言った。

「ケリー、どうして小切手を換金しなかった？　君が何をしようと、僕がどれだけ怒っていようと、僕らのあいだがどうなっていようと、君にはちゃんと生活させるつもりだった。あんないかがわしい店で働き、ひどい部屋に住み、食うや食わずの生活をしている君を見つけたとき……僕がどんな思いをしたかわかるかい？　君の部屋には食べ物すらなかった」

「食事は食堂でとっていたのよ」

ライアンは怒りの声を漏らした。「それで僕が満足するとでも？　なぜあの金を使わなかった？　大学を卒業できていただろうし、長いこと働かなくても暮らせていただろう」

「私にはプライドがあるの。だいぶたたかれたけどまだ無傷よ。仕事が見つけられなくて、飢え死にするか汚れた気分にさせられるお金を受け入れるかのどちらかしかなければ、我慢して換金していたでしょうけど」

「そんなに僕を憎んでいたのか」ライアンはかすれた声で言った。「僕から何かを受け取るより、あんな悲惨な環境で働くほうを取るほど？」

ケリーは真っ向から視線を返した。

「答えを聞く気のない質問はしないで」

彼は目を閉じた。「その答えでじゅうぶんだ」

ケリーは肩をすくめた。「あなただって私を憎んでいたじゃない」

ライアンが首を振るので、ケリーは目を見開いた。

「違うの？　ライアン、あなたは私にいろいろひどいことを言ったし、したじゃない。あれほど蔑みながらあの小切手をほうってよこした。あのときの気持ちはまだおぼえているわ」

「君は僕がどうすると思っていたんだ？　いいかい、僕は君が弟と寝たことを知った直後だった。君は僕の指輪をしていた。僕らは結婚する予定だったのに、君は僕の弟と寝たんだ」

「でもあちらには罪はないわけね」ケリーはあざわらって言った。「教えて、ライアン。弟を許すのにどれくらい月日がかかった？　彼がまた家に立ち寄るようになって、お母さまの家で一緒に食卓を囲むまで、どれくらいかかった？」

ライアンの顔が鈍い赤に染まった。やがて彼は片手を乱暴に髪に突っこんだ。

「しばらくかかったよ。僕はジャロッドに激怒した――そして君にも。僕はすでに起こったことに、兄弟の縁を切るかどうか決めなければならなかった。でもあいつは家族だ。弟なんだ」

ケリーは過去を蒸し返さないという約束を忘れ、前に身を乗り出した。「私はあなたと結婚するはずだったのよ。私にはあなたから何かを得る資格はなかったの？　手切れ金と〝僕の人生から消えろ〟という言葉以外に？」

「僕はいまここにいる」彼は静かに言った。「僕は怒っていた。怒るだけの理由があった。そのことについては謝らない。だが僕はいまここにいて、もう一度やり直したいと思ってる。僕らはお互いに間違いを犯した」

過去のことを話すたびにいまだに湧き上がる恨みと怒りを、手放さなければならない。それを捨てなければならない。

ケリーは再び後ろに寄りかかり、彼の手にぐりぐりと足を押しつけて、マッサージの続きを促した。

「それで、明日はどこへドライブに出かけるの？　シックに見えるようスカーフをして大きなサングラスをかけるべき？」

彼は肩の力を抜いた。ケリーがその話題を引っこめたことにほっとしたのが、その目に表れていた。

「ジャンセンが買った、あのものすごくセクシーなサンドレスを着るといい」

ケリーは片方の眉を引き上げた。「どれのこと？　何着かあるわ」

「ということは、まだ見ていないんだな。見ていたら聞いてすぐわかる。赤いドレスだ。

君の髪や肌色にぴったりな、ストラップレスの。日差しから頭を守るものを忘れちゃいけないよ」

「楽しそうだわ。気ままで」ケリーは思い焦がれるように言った。気ままに何かをするなんて、ずいぶん久しぶりだ。

「また一緒に思いきり楽しもう、ケル。以前はそうしていた。僕らは幸せだった」

そうだったことは認めざるをえない。かつては。だからケリーはうなずいた。彼はほほえんだ。

「もう寝る用意はできた？」ライアンが尋ねる。

「あなたが何を考えているかによるわ」ケリーはつぶやいた。

ライアンの目に光が宿り、彼は両手でケリーの脚をなで上げ、さすった。

「僕は眠る予定ではなかったよ。とうぶんは」

「それなら、私をベッドに連れていって」

彼は立ち上がると、思いがけないことにケリーの体の下に両腕を差しこみ、しっかりと横抱きにした。

「ライアン、下ろして。私、相当重いわ！」

彼はキスでケリーを黙らせた。「君の重さなんてまだ大したもんじゃない。僕が大切な女性を運べないとでも?」

ケリーは笑った。「私が言ったことは忘れて。運んでちょうだい」

12

飛行機に乗ってニューヨークへ戻るのを、ケリーがどれほど恐れているか、多少の言葉では説明できそうになかった。この二日間は夢のような日々だった。水を差すような出来事はひとつもなく、想像しうる最高の白昼夢のようだった。

そしていま、ふたりは現実に戻ろうとしている。

寒くて陰鬱なニューヨーク・シティへ。

ニューヨークについてずっとそんなふうに思っていたわけではないが、いまはもう、そこには悪い思い出しかない。ふたりがどうにかして関係を修復し、さまざまな逆風が吹く中それを維持することができるかどうかについて、ケリーはライアンほど楽観的ではなかった。

ケリーの気乗りのなさを感じたかのように、ライアンが彼女のウエストに腕をまわし、搭乗を促した。

まもなくふたりは座席に落ち着き、ライアンが手を伸ばしてケリーのシートベルトを締めた。

「ケル、大丈夫だ。僕を信じて」

そんなに簡単だったらどれほどいいか。

それでもケリーはライアンにほほえみを返し、背もたれに深く寄りかかって離陸に備えた。

ところが、フライトが終わりに近づくにつれ、どんどん緊張していったのはライアンのほうだった。彼は頻繁にケリーに触れてくる。最初はケリーを落ち着かせるためだと思っていたが、どうも彼自身が安心したいからのようだ。

着陸するなり私が駆け出して逃げるとでも思っているのかしら。そうしたい気もするけれど、私は彼に約束したし、それを守るつもりだ。たとえそれで死ぬような思いをすることになっても。

飛行機が着陸すると、やはり車が待っていた。ライアンは寒い屋外から暖かな車の中へ、ケリーをせき立てた。

灰色の空から雪とみぞれが入りまじって落ちてくる。車内は暖房が最大に効いていたが、ケリーは身を震わせた。日光と砂浜をあとにして、寒冷前線に見舞われて凍《い》てつくニューヨークに戻ったことがショックだった。島でふたりを包んでいた幸せな高揚感は消滅し、陰鬱さが居座って、ケリーの気分も空模様と同じになった。

ライアンがケリーを横に引き寄せ、こめかみにキスをした。「今夜はデリバリーを頼んで暖炉の前で食事をして、そのあとは夜どおし愛し合いたい」

ケリーはため息をついて彼にすり寄った。重苦しい不安を溶かすには私になんと言えばいいか、彼は知っているようだった。

「あなたと過ごしたこの数日、とても楽しかったわ」せめてその気持ちを彼に聞かせたい。

「そう聞いてうれしいよ。僕も楽しかった。昔みたいだった。いや……もっとよかった」

ケリーはうなずいた。確かに昔よりよかった。以前とは違い、あって当然の時間とは一瞬も思わなかったからかもしれない。ふたりはともに過ごす一分一分を楽しみ、満喫した。

ふたりは笑い合い、愛し合った。最後の日など、ホテルの部屋を出ずに終わった。食事は届けてもらい、一緒にのんびりシャワーを浴びるとき以外はベッドから離れなかった。

それが永遠に続けばよかったのに。でも遅かれ早かれ、自らの問題に立ち向かわなければならない。「ジャンセンに頼んで、明日検診の予約を入れたよ。君も赤ん坊もなんともないことを確かめたい」

ケリーは彼の声ににじむ気遣いがうれしくてほほえんだ。「あなたと一緒に遠出して過ごすのは、どんな治療よりも効き目があるわ」

ケリーの答えを、ケリーがそう認めたことを、ライアンは喜んだようだった。彼は身をかがめてもう一度キスをした。車はライアンのアパートメントの建物の外に停《と》まった。

ライアンは急いで車を降り、ケリーが降りるのに手を貸して、寒い外から建物の中へ急いで連れて入った。エレベーターに乗って上昇しながら、ケリーは自分がここに戻ってくることをどれほど恐れていたかに気づいた。このアパートメントに。この街に。

「荷物はすぐに運転手が運んでくれる。だからカウチでゆっくりするといい。僕は暖炉に火を入れて何か飲み物を作るよ。おなかはすいてる?」

「そうでもないけど、あとでテイクアウトのタイ料理が食べたいわ。いまはジュースをお願い」

「タイ料理か。いいね。楽にして。靴を脱いで、足を高くするんだ。長いあいだ座っていたから、きっと足首がむくんでいるはずだ」

世話焼きの雌鳥《めんどり》のような彼の口調を聞いてケリーは笑ったが、言われたとおりに豪華な革のカウチに身を落ち着けた。

足を振って靴を脱ぎ、オットマンに足をのせる。そしてぱんぱんの足首を見てぎょっとした。

　ドクターにもライアンにもうるさく言われるだろう。でも、私はこの数日、質のよい食事と、休息と、リラックスすること以外、何もしていない。

　ライアンがコーヒーテーブルにふたり分の飲み物を置き、ケリーの隣に座ったとき、彼の携帯電話が鳴り始めた。彼はポケットから電話を引っぱり出し、軽く唇を引き結んで耳に当てた。

「やあ、母さん」

　ケリーはため息をついた。こんなに早いなんて。

　ライアンはいわゆるマザコンではないが、母親を敬っている。息子として当たり前のことだ。そしてたいていの子どもがそうであるように、母親のこととなると少しばかり見えなくなる部分がある。

　あるいはライアンは自分の母親を、陰謀をめぐらす執念深い魔女としては見たくないだけかもしれない。ライアンの母がそうであることをケリーは知っていた。彼の母親にはいいところも確かにある。彼女は息子たちを愛している。でも、ケリーが心を寄せたくなるような人物ではない。絶対に。

「ああ、帰ってきた。聞いてくれ、母さん。どうしてロバータを送りこんだ？　干渉されるのはうれしくない。これからはケリーへの失礼な態度を許さないよ。彼女が僕といることを受け入れてもらわないと。それができないなら、母さんと僕は深刻な問題を抱えることになる」

ケリーは目を丸くした。ライアンの声に怒りがこもり、目が険しい。

「そのうちね」彼は続けた。「いまケリーと僕には邪魔の入らない時間が必要なんだ。一緒に食事をする余裕ができたら、電話するよ」

まあ。ケリーはしかめっ面を必死にこらえた。でも、この人がライアンの母親なのだ。私の子の祖母。そうでなければいいのにとどれほど願っても。

「僕も愛してるよ。もういいかな。いま着いたばかりでふたりとも疲れてるんだ」

ライアンは携帯電話をカウチにほうった。ケリーは目線で問いかけた。

「母がロバータのふるまいのわびを言いたいって。それに自分のふるまいも。一度、一緒にディナーを、と言ってる。こっちがその気になったら連絡すると言ったよ」

ケリーは何も言えず、黙っていた。ぎこちなさをごまかすために、身を乗り出してオレンジジュースのグラスを取り、また後ろにもたれて甘酸っぱい飲み物をひと口飲んだ。

ライアンはケリーの上げた足を見て顔をしかめた。「かなりむくんでるね」

ケリーは片足を持ち上げてため息をついた。「ええ。水太りした牛みたい」

「痛む？　マッサージしてほしい？」

「いいえ、大丈夫。少しうずくけど、いまは誰にもさわられたくないの。今夜はこうやってただ座って、水分をたくさんとるわ。オレンジジュースのカリウムに利尿効果があるでしょうし」

ライアンは身をかがめ、ケリーの額にキスをした。そのときブザーが鳴った。

「きっと荷物だ。すぐ戻る」

ケリーは背中のこわばりをゆるめるために姿勢を直した。ほんとうは、何時間も飛行機に乗ったあとなので、座っているのに疲れていた。でも、むくんで痛む足首で立つのもいやだ。

そこで横向きになり、脚のあいだにクッションをはさんだ。お尻と足を解放する無上の幸福にため息をつく。

部屋の奥から、バルコニーに通じるガラス窓の外を眺め、雪のかけらが舞い落ちるのを見つめた。お天気は雨とみぞれと雪のどれにするか決めかねているようだが、少なくともいまはぼたん雪がちらちらと落ちていた。

ガス式の暖炉の炎で、リビングルームは暖かく心地よい雰囲気が醸し出されている。暖炉に目を向けているうちに、ケリーは強烈な眠気に襲われた。

カウチの背にかけてある膝掛けを取り、体の上に広げると、長い旅のあとようやく落ち着いた感じがして吐息を漏らした。

睡魔には抵抗しなかった。夕食の時間にライアンが起こしてくれるだろう。

ライアンがリビングルームに戻ると、カウチでケリーが手を頬の下に敷いて眠りこんでいた。彼女はじつに若くて無垢《むく》に見え、ライアンはどきりとした。

とても兄弟にふた股をかけるようには見えない。

どうにか過去を乗り越えようとしているときに、そんなことを考えるのは適当ではないかもしれないが、その憂鬱な思いはいつでも入りこむ。

僕の弟に慰めを求めようと思わせてしまうなんて、僕にどんな落ち度があるのだろう。それにどうしてケリーは、弟をレイプ犯に仕立て上げて、僕とたったひとりの弟との関係を壊そうと考えるほど、報復的な態度をとったのだろう。

ジャロッドに対して、ライアンは兄というより父親のような気分だった。年は八つ違いで、ライアンがやっとティーンエイジャーになったころに父が亡くなった。ライアンはまだ幼かったジャロッドの父親代わりを買って出た。

野球の試合にはすべて付き添い、スポーツのイベントに連れていった。映画にも連れていった。高校の卒業式に出席した。カレッジに進学するときには引っ越しを手伝い、家に戻って財務のキャリアを積みたいという決意を支援した。

兄弟のあいだに割りこむものは何もないはずだ。とくに女などは。だが、ひとりいた。ケリーだ。それが兄弟の関係に一撃を加え、いまだ立ち直っていないだけでなく、ケリーとの関係も破壊された。

その関係を、僕は修復すると決意した。

だが前に進むためには、過去において何が悪かったのかをはっきりさせなければならない。

何を誓おうと、いずれ過去に向き合わなければならない。永遠に無視するわけにはいかない。

ライアンは携帯電話を取り上げ、そっと隣の部屋へ行って、デヴォンとキャムに電話をかけた。

13

翌日ライアンが、ケリーをドクターのところに連れていってくれた。ケリーは自分ひとりで行くものだと思っていた。ライアンは一週間近くもオフィスを離れていたのだから、仕事に戻るだろうと。ところが彼は一緒に車に乗りこみ、診察室に入って、ずっとケリーの横に張りついていた。

ドクターはむくみを見てぶつぶつ言い、まだ尿にたんぱくが出ていることに目を留めた。気分はどうかと際限なく質問し、安静をとることについて厳しいお説教をした。

ライアンはその一語一語に食いつくようにしていた。きっとケリーを寝室に閉じこめて、赤ちゃんが生まれるまで外に出さないに違いない。

ケリーはいまから気が変になりそうだったが、彼は何も言ってこなかった。アパートメントに戻ったときも、彼はケリーに足を上げさせなかった。

「予定日より遅れれば別だけど、ほどよく動きまわっていけない理由はないと思うよ」ライアンは言った。「ただ、ドクターの言うとおり、状態の変化や君の気分にじゅうぶん注意をしなければならないけど」

物わかりのいいふりをしちゃって。

「もし君がよければ、今夜は外で食事をしたらどうかと思っていたんだ。寒いけど、雪やみぞれは降らないようだし。君は出かけるのが好きだから」

彼がおぼえてくれていたことに感激し、ケリーはほほえんで大きくうなずいた。夜のこの街が大好きだ。街の明かり、居心地のよいレストラン、こぢんまりしたカフェや軽食堂。

「君のもっと温かい衣類とコートをジャンセンに買ってきてもらった。君が自分で買い物する気になったら一緒に行くから、ひと言言ってくれ」

ライアンがどれほど買い物が嫌いかを知っているケリーは、一緒に行くと言ってくれたことにばかばかしいほど感動した。

「近いうちに赤ん坊の買い物にも行かないとね」

ケリーは驚いてまばたきをした。そして自分のおなかを見下ろした。彼の言うとおりだ。赤ちゃんが生まれるまであと数週間しかない。早く生まれることだってある。なのにまったく用意をしていない。

ヒューストンではかつかつの生活で、赤ちゃんの誕生を前に人々が買うようなものに支払うお金はなかった。だからそのことは考えもしなかった。

ケリーはどれほど用意が整っていないかに気づいてあわてふためき、うろたえてライアンを見つめた。

「ケリー」彼はケリーの隣にすっと腰かけた。「君にストレスをかけるつもりじゃなかった。赤ん坊の買い物をするのを、君はさぞ喜ぶだろうと思って」

「私、何も持っていないの」ケリーは胸の内を話した。「赤ちゃんの服も。ベビーベッドも。おむつも。いやだ、何があればいいのかもわからないわ。ヒューストンでは一日を乗りきるだけで精いっぱいで、前を見てなかったのよ。圧倒されてしまうから」

彼はケリーを腕に抱きしめ、やさしく髪をなでた。「何も急ぐことはない。誰かに頼んで育児の本や雑誌を買ってきてもらおう。数日は足を上げて安静にしながら、好きなだけ本を読むといい。買い物リストを作ったりしてさ。一緒に品物を見よう。楽しいぞ。娘がここに来るまでまだたっぷり時間がある」

ケリーは彼をぎゅっと抱きしめた。「ありがとう。取り乱さないようにしてくれて。すごく怖いわ。赤ちゃんの靴下さえ持ってないのよ。私ったらどんな母親になるんだか」ケリーは悲しい調子で言った。

ライアンも抱きしめ返した。「すばらしい母親になるよ。君はいろんなことで手いっぱいだったんだ。少し自分を大目に見てやりなさい。さあ、ゆっくりお風呂に入って、夕食に出かける用意をしようか」

ケリーは手を伸ばして彼を引き下げ、キスをした。〝愛してる〟と口先まで出かかったが、その言葉をのみこみ、再びキスをした。

まだ彼を愛していることを、そんなに悲しく思わなくていいはずだ。でも胸から重しを振り捨てることができなかった。ケリーは彼から離れ、立ち上がって、バスルームに向かった。

「今日、ラファエルから電話があったよ」夕食の席でライアンが言った。

ケリーは眉をひそめた。「あの人どうしてるの？　飛行機事故に遭って、記憶を失って、端《はな》から土地を奪おうとだましていた女性と恋に落ちるなんて、信じられないわ」

ライアンはぎょっとした。「その言い方はちょっと……」

ケリーは片方の眉を引き上げた。「ひどい？　あなたの友人だということは知ってるけど、あの人、いつも傲慢でいやな人だったわ。とくに女性に対して。私のことは絶対に気に入ってなかった」

「ラファエルは変わったよ。おかしな話なのはわかってるけど、事故のあと、あいつは百八十度方向転換した。ともかく、あいつとブライアニーはあと数日でハネムーンからニューヨークに戻ってくる。あいつのアパートメントを売りに出すそうだ」

「引っ越すの？」

ケリーはショックだった。ラファエルは骨の髄まで都会人だ。この街を愛している。旅を愛している。彼がよそへ行くなんて想像できない。

「ああ。ブライアニーと一緒にムーン・アイランドに居を構えるそうだ」

「まあ。ラファエルはすっかり恋に落ちたのね」

「恋に落ちた男が愛する女のためにすることには、驚かされるものだ」ライアンは静かに言った。

ケリーは彼と目を合わせず、目の前のスープに集中した。ロブスター・ビスクだ。半年も味気ないダイナーの食事をしてきたケリーは、ひと口ごとにじっくり味わった。ケリーの味蕾《みらい》がいっせいに興奮した。

この一週間に食べたものは、ヒューストンでの半年のあいだに食べたものより多いくらいだった。前日、診察室で体重を量ったときは目を閉じてしまった。どれほど増えたか知りたくなかったのだ。

「あいつが、みんなで集まりたいと言ってる」

ケリーは警戒して目を狭めた。「みんなって？」

「僕、君、デヴォン、キャム、そしてもちろんラファエルとブライアニー。母を呼ぶのもいいかなとも思っていたんだ。ほかのみんながクッションになるだろうから。一度でぜんぶすませられるし」

それは地獄の夕べだ。もちろん、彼には言えないけれど。ライアンの親しい友人たちに囲まれるほど不愉快なことは想像できない。その全員が、私はジャロッドと浮気をしてライアンを裏切ったと聞かされているのだ。そう考えたケリーは危うく歯をむき出しにしそうになった。そして彼の愛する母親がいる。みんな勢揃《せいぞろ》い……ジャロッド以外。

「ジャロッドも？」ケリーは冷ややかに訊《き》いた。

「あいつは呼ばない。君にそんな仕打ちはしないよ」ライアンは静かに言った。

「いつ集まることになってるの？」

「来週だ。たぶん週の後半。あのふたり、アパートメントを片づけるのに忙しいだろうから。場所はトニーズだ。君も好きだよね。気取らなくていい店だ。僕らはいつでも抜ければいい。居続けておしゃべりする義務はない」

ケリーはため息をついた。ライアンには脱帽だ。彼は私ができるだけ楽になるよう一生懸命考えてくれている。私もせめておとなしく従おう。友人は彼にとって大切だ。母親も彼にとって大切なのだ。

「わかったわ」ケリーは低い声で言った。「行きましょう」無理やりほほえむ。「またみんなに会えるのはうれしいわ」その嘘《うそ》で窒息しそうだったが、ライアンの目に浮かんだ安堵《あんど》には、それだけの価値があった。

彼はケリーの手を取った。「今度はうまくいくよ、ケル」

ケリーは彼の指をつかんでぎゅっと握った。「あなたがそう思っていると思うと安心できるわ」

「心配なのかい？」

「心配じゃないと言ったら嘘になるわ。心臓がつぶれそうなくらい怖い。このアパートメントから出るのが怖いの」ケリーは正直に言った。「いまの私は、あなたが知ってたケリーとは大違いの人間よ。いまの私は用心深くなった。頑固になったし……。そんな自分はいやだけど、必要に迫られてそんなふうになってしまったの」

ライアンは両手でケリーの手を包み、テーブルに肘をついて、ケリーを見つめた。

「僕と結婚してくれ」

ケリーは驚いて手を引き抜き、彼を見つめた。「なんですって？」

「僕と結婚してほしい」

ライアンは片手を引っこめてポケットの中に入れ、小さな指輪の箱を取り出した。親指でふたをはじくようにして開けると、ベルベットにみごとなダイヤモンドの指輪がおさまっていた。

それを差し出されたケリーは、視線を上げて、気は確かかとでもいうように彼を見つめた。

「前の指輪をもう一度渡すか、新しいのを買うか迷っていた。前の指輪は取ってある。君がいないあいだずっと手もとにあった。でもやっぱり新しいスタートを切るべきだと思ったんだ。だから新しい始まりに向けて新しい指輪を買った」

彼の手の中でケリーの手が震えた。口も利けずに彼を見つめる。

彼は悲しげに首を振った。「ロマンチックなプロポーズじゃないのはわかってる。ベストな状況ですらない。待つつもりだったんだ。しかるべき時が来るまで。僕らのあいだのあれこれを解決し終わるまで。でももう待てなかった。それに、友人や家族が君と再会するとき、僕らが一緒になることを知らせたい。僕が結婚するつもりの女性は君であり、君には僕がついていることを」

ケリーの目に涙があふれ、胸がいっぱいになった。彼は箱から指輪を取り出してケリーの指にはめることはせず、ただケリーの決断を待っている。

「でも、ライアン」ケリーはたまらなくなって言った。「過去にいろいろなことがありすぎて……」

「しっ」彼がつぶやく。「君の言ってることはわかる。僕らには話し合うことがたくさんある。でもまずこうしたかったんだ。いずれ過去について話をしたときに何が出てこようと、僕はやっぱり君と結婚したいと思っていることが、君にわかるようにしておきたかった」

ケリーは涙に濡《ぬ》れた頬を必死にぬぐった。取り乱してこの瞬間を台なしにしたくない。

「そういうことなら、ええ、あなたと結婚するわ」

彼は雷に打たれたかのようだった。ケリーが承知するとは本気で期待していなかったのかもしれない。そして彼はほほえんだ。目は輝き、ケリーの手を握る力は、指先に血が通わなくなるまで強くなった。

彼は箱を持ち替えて指輪を取り出した。手を震わせながらケリーの指を広げて、指輪をはめた。

それからテーブルの上に身を乗り出してケリーにキスをした。体を引いてもケリーの手をつかんだままで、彼は不意に立ち上がり、ケリーの手を引いて立たせた。

「行こう」かすれた声で言う。「ふたりきりになれる場所に帰ろう。ほかに誰もいないところで君を抱いていたい」

ケリーは喜んで彼の腕に飛びこんだ。そしてほかの客の視線もかまわず、彼らの横を通り過ぎた。ケリーは寒さも冷たい空気も感じずに、レストランを出て、ライアンの車が停《と》められている歩道脇へ向かった。

今度ばかりは自分の内側から暖かさを感じた。寒くて寂しい長い日々のあとで、日光がケリーの体を勢いよくめぐっていた。

14

ケリーが目覚めると、ライアンはベッドにいなかった。寝返りを打ち、ナイトスタンドの時計を見て、なぜひとりぼっちなのかわかった。もう九時を過ぎている。ライアンはとっくにオフィスに行ってしまったのだ。

セント・アンジェロから帰ってきたとき、ケリーはライアンの部屋に移った。べつに大騒ぎをしたわけではない。彼がケリーの荷物を自分の部屋へ運んだだけだ。そして、寝る時間になると、彼はケリーを自分のベッドに運んだ。

そしてケリーはそこに居続けた。

心地よい日常の繰り返しに戻るのは、なんと簡単なのだろう。

以前は、ふたりの親密な関係を、安らぎと信頼を、当たり前だと思っていた。あのころは知らなかったが、いまは知っている――物事が一瞬のうちに壊れてしまうことを。

いまでも、どうしてあんなことになったのか、疑問に思う。

言い訳は、理由は、つねにある。ライアンが私をじゅうぶんに愛していなかったから。私を信頼していなかったから。ふたりの関係は始まったばかりで困難を乗りきることができなかったから。

でも、その理由がなんであれ、最終結果は同じだ。状況が困難になると、ふたりの関係は古いパンのようにぼろぼろと崩れた。

それは、ふたりの未来を約束してはくれない。でもいまは、そのことを考えないようにしよう。確かに、彼にそんな信頼を置くなんて愚かだと思う。でも希望は強い力を持つ。希望があれば人は喜んで真実に目を覆う。

ケリーは自分に言い続けていた。きっと今度は……。

今度は、私たちはほんとうに正しい道を進めるかもしれない。愛する人に、私がほかの男と――彼の弟と――浮気したと思われているという重荷を、永遠に背負うことになっても。

彼とちゃんと向き合いたいと何度思ったことか。もう一度、私の話を聞かせたい。真実を耳に入れたい。

でもそのたびに唇を噛《か》む。そんなことをしてなんになる？

ライアンは、私が彼に嘘《うそ》をついたと思いこんでいるけれど、それを忘れて前に進みたがっている。それ以上のことを望む私は愚かだろうか。彼がどれほど間違っていたか思い知らせたいと思うのは愚か？

再びライアンと一緒にいるようになってから、そのジレンマに悩まされない日は一日もなかった。ケリーの一部は、彼に聞く耳を持たせ、このすべてをやり直したいと望むのであれば彼が間違っていたことを受け入れてもらいたいと思っている。

別の一部は、プライドと怒りがケリー自身の幸せの障害になっていると言っている。私が最終的に望むのは、ライアンと生きる人生ではないの？　どんなふうにそのゴールに達するかはどうでもいいのでは？

ケリーはベッドに横になって天井を見つめた。

よくない。彼に貞操を誓いながらほかの誰かと寝た、そんなふうにライアンに思われたまま、一緒に生きていくことなんてできない。

私がほんとうに恐れているのは、ライアンと対峙《たいじ》したときに、またもや拒絶されることだ。もしもそんなことになったら、私は自分を信頼しない人と一生を過ごすことなどできない。

私を押しとどめているものは、プライドではない。恐怖だ。恐怖以外の何物でもない。もし今度も彼が私を信じなかったら、一緒になるのは絶対に不可能だ。

今日という日を不安という重荷に押しつぶされたくなくて、冷え冷えとした思いを頭から振り払い、ベッドから這《は》い出した。裸足《はだし》でリビングルームに入ると、ライアンが暖炉に火を入れてくれていた。

さらに驚いたことに、テーブルの上には朝食のトレイが待っていた。ベーグル、チーズ、果物の盛り合わせ。

でもケリーの目を惹《ひ》いたのは、赤ちゃん用の黄色の小さな靴下一足だった。

そのふわふわの小さな靴下を手に取り、添えられていたカードを読むうちに、喉がつまった。

〝まだ一足も持っていないと言っていたから。愛をこめて。ライアン〟

ケリーは椅子に座りこんだ。目が涙でちくちくする。靴下を頬に当て、カードに触れて、彼の走り書きのサインを指でたどった。

「こんなにあなたを愛するべきじゃないのに」ケリーはささやいた。でも愛さずにはいられない。

私は心の底からライアンを望んでいる。彼は私の片割れだ。彼がいなければ私は完全とならない。

そうして、ケリーの心の琴線に触れる求愛の儀式が始まった。

毎朝、ケリーがベッドから出ると、ライアンからの新しいプレゼントが待っているのだ。出産から一年間に起こるだろうすべてを解説した育児本。ある朝は二着のベビー服。男の子用と女の子用で、〝念のために〟とメモがあった。

五日目の朝は、彼はメモを一枚置いていった。贈り物は予備の寝室にある、と書かれている。

ケリーは胸を躍らせて、以前自分が使っていた寝室に急ぎ、ドアを勢いよく開いた。プレゼントはひとつだけでなく、部屋いっぱいの赤ちゃん用品だった。

ベビーカー。すでに組み立て済みのベビーベッド。さまざまなおもちゃ。おむつ交換台。そこにあるすべてを見きれないくらいだ。何に使うものなのか、わからないものさえあった。

彼はいったいどうやって、私に物音を聞かれることなくこんなことをやってのけたのだろう。

そして窓のそばには、肘掛けに黄色のアフガンがかけられた揺り椅子が置かれていた。ケリーは近寄って木部にうやうやしく触れ、試しに軽く押してみた。

椅子は一度きしんで、ゆったりと前後に揺れた。

すでに足が文句を言っていたケリーは、アフガンを取って揺り椅子に座り、わが子のための宝物でいっぱいの部屋を見まわした。

この二日ほどふだんより疲れを感じていたが、ライアンに心配をかけないよう注意していた。彼は一日一日がケリーにとって特別な日となるよう、精いっぱいのことをしてくれている。

ケリーは、以前よりずっと深く彼を愛してしまっていた。そんなことが可能であればの話だけれど。

今夜は彼の母親や友人たちとのディナーだが、それさえもケリーの興奮や幸せを薄めることはできなかった。それが最初から彼の計画だったのかもしれない。どんな敵意や蔑みにも対抗してケリーの味方となることを、ケリーにはっきり知らせるために、特別な手段を取ったのだ。

それは確かにうまくいった。誰に何を言われ、何をされようが、私がいま歩いている雲を散らされることなど想像できない。

ライアンは私のことを大切に思っている。私と結婚したいと思っている。それ以外のことはどうでもいいじゃない？

そのあとケリーは、その思いを胸にいだきながら、ディナーに着ていく服を選んだ。以前なら、服がセクシーすぎるとか露出が多いかなんて、頭に浮かびもしなかった。自分に似合うかどうか、そしてライアンが気に入ってくれそうかどうか、それが私の唯一の規準だ。

でもいまは心配だった。すでにふしだらな女だと見られている私は、超保守的な装いでもしないかぎり、その偏見を不滅にするだけではないのか。ケリーは腹が立った。そんな人々にどう思われようと気にするべきではない。

でもそれは簡単なことではない。彼らはライアンにとって大切な人であり、ライアンは私にとって大切な人なのだ。

不意に温かい手がケリーの体をなで、おなかにまわされた。ケリーは硬い胸に引き寄せられ、官能的な唇に首をねぶられた。

ケリーはため息をつき、体の力を抜いてライアンにもたれかかった。

「クローゼットの中で服を見つめて立っているのには、何か特別なわけがあるのかな？」

ライアンがケリーの耳につぶやいた。

ケリーは振り向き、彼の首に腕をからませながら、爪先立ちをして彼にキスをした。

「早く帰れたのね」

「君に会うのが待ちきれなかった。で、クローゼットがどうかした？」

ケリーは唇をねじ曲げて、不満げにため息をついた。

「今夜着ていくものを探していただけよ。みんなが思うような身持ちの悪い女に見えない服を」

ライアンは表情を和らげ、ケリーの頬骨を人差し指でなぞった。ケリーの両腕をつかんで後ろ向きのままクローゼットから出、そのままベッドのほうへ移動した。

脚の裏側がマットレスに当たると、彼は座り、ケリーも引き下ろした。

「君は何を着ていても美しい。心配いらないよ」

「ありがとう。ばかよね。でもどうしようもないの。緊張してしまって」

「心配しなくていい。過去は過去だ。前に言ったかどうかわからないけど、僕は君を許してる。僕が君を許せるのなら、みんなも同じことができて当然だ」

ケリーは完全に硬直した。まるで刺されたかのように苦痛が胸を貫く。刺されるのがどういう感じか知っているわけではないが、これよりひどいはずはない。

彼は、私を、許した。

私がしてもいないことで。

私がしていないと彼がかたくなに信じないことで。

かっとなって激しい非難をぶつけないために、持てる力のすべてを要した。彼は私を傷つけようとして言ったのではない。でも、いま私が心から血を流していることは想像できないだろう。

彼は寛大なことをしようとしている。私の気分を楽にしようとしてくれている。ライアンはケリーの額にそっとキスをした。「僕らはお互いにあやまちを犯した。僕も無実なわけじゃない。大事なのは、過去に起きたことを二度と起こさないことだ」

ケリーはぼうっとしたままうなずいた。自分が信用できなくて口が利けない。私に何が言える？

ケリーは目を閉じ、彼にもたれた。彼はケリーを抱きしめて背中をさすってくれた。彼は慰めようとしてくれている。彼は今夜の私は気が立っていると思っている。彼の〝許し〟のせいで死にたくなっていることが、彼にわかるはずはない。

ライアンはケリーを横にずらしてベッドの端に座らせると、立ち上がってクローゼットに入った。まもなく、彼は濃紺のきらびやかなドレスを手にして戻ってきた。それを掲げて見せ、ほほえんだ。

「これが最高にすてきに見える」

ケリーは粉砕された心を必死に寄せ集め、なんでもないふりを装った。

「それは体にフィットしすぎるわ。それを着たら妊娠十一カ月に見えちゃう」

「僕は君のおなかが大好きだ」彼はとてつもなくセクシーな声で言い、ケリーの背筋に震えが走った。「君が僕の子どもを宿していることを、このおなかが世界に示してくれている。絶対にすてきに見えるよ。僕のためにこれを着て」

そんなリクエストを却下できる女はいない。ケリーは黙ってうなずいた。そのあいだもずっと心は痛んでいた。

15

ケリーは高まる恐怖をのみこんで、ライアンとともにレストランに入った。彼はボーイ長と話し、ふたりは奥のテーブルに案内された。

ライアンはすでに席に着いていたラファエルを見てにっこりした。彼の隣に座る女性は妻のブライアニーだろう。ライアンの母親も、デヴォンとキャメロンも、すでに着席していた。

上出来。私たちは最後の到着で、堂々入場を果たしたわけだ。

ケリーはひとりひとりに挨拶をするライアンの横に立っていた。そのあと彼が言った。「もちろんみんなケリーをおぼえてるね。ブライアニー、君以外は」そしてケリーに言った。「ケリー、こちらがブライアニー・デ・ルカ。ラファエルの奥さんだ。ブライアニー、この人が僕のフィアンセのケリー・クリスチャンだ」

ライアンの宣言で部屋が静まり返った。彼の母の隠しきれない嫌悪から、友人たちの率直な驚きまで、表情はさまざまだった。

　ブライアニーでさえいぶかしげな顔をしながら、立ち上がってケリーに手を差し出した。そのときになってケリーは気づいた。ブライアニーもケリーと同じくらいおなかが大きいのだ。

「お会いできてうれしいわ」ブライアニーは作り笑いのような顔で言った。

　やれやれ、ブライアニーは私のことをどれほど聞かされているのだろう。

　ケリーは引きつったほほえみを浮かべ、ライアンの補助で席に着いた。今夜は長い夜になりそうだ。

「ケリー、調子はどう？」隣の席のデヴォンが礼儀正しく話しかけてきた。一般的な挨拶のようだ。

「上々よ」ケリーは低い声で答えた。「緊張してるけど」

　デヴォンはケリーの率直さに驚いたようだった。

　ライアンは友人たちや母親とほがらかに話している。ケリーは黙って横に座り、周囲を観察した。誰もケリーを会話に加えようとしない。一度、ケリーが意見を述べたときのぎこちない沈黙が、知る必要のあるすべてを語っていた。

　彼らはライアンのためにケリーを容認しているのだ。でも、ときおり彼らがライアンのほうに向ける表情を、ケリーは見逃さなかった。〝あいつ、頭は大丈夫か？〟というあからさまな表情を。

食事が供されるころになって、ケリーは集中できるものがあることに心から感謝した。私はこの場にそぐわない。明らかに浮いている。

人生最悪の夜になりそうだ。

口に入れた食べ物がぱさぱさに感じられる。少し試したのちに、無理に食べようとするのをあきらめた。代わりに水を飲み、ライアンとまた浜辺で月の光を浴びて踊ろうとしているつもりになった。

それが私の問題だ。現実を避け、夢の世界に生きている。そして現実はひどいものだ。ディナーの席で五人の人々に裁かれている。そして、犯してもいない罪のことで私を許さなければならないと感じている男性と、一緒に暮らしている。

私は人生のどの時点で、自分にふさわしいのはこの程度だと思ってしまったのだろう。

それは驚くべき発見だった。

どうして私はこんなことに耐えているの？

すべてを終わりにする覚悟で顔を上げたとき、ジャロッドがテーブルに近づいてくるのが見えた。彼は身をかがめて母親にキスをすると、片手を上げてほかの人々に挨拶をし、その視線をケリーとライアンに向けた。

ケリーは血の気が失《う》せた。ライアンが横で硬直し、ほかの人々は押し黙った。まるでその場の人々全員が修羅場を待っているかのようだった。頭がずきずき痛み、胃が痙攣《けいれん》する。こんな屈辱、死んでしまいたい。それよりも、激怒のあまりまっすぐにものを見られなかった。

「遅れてごめん」ジャロッドが言う。「渋滞につかまっちゃって」

ジャロッドが母親の隣の空いた席に腰を下ろすと、ケリーの喉に苦いものがこみ上げてきた。心はずたずただ。胸の内は血が流れ、激しく痛み、あまりのつらさに死にたくなった。

ライアンはどうしてこんな仕打ちをするの？　まさか弟を呼ぶなんて。

みんながケリーを見つめていた。私が今夜どれほどの屈辱を受けようと、自業自得だと思っているのだろう。

ケリーはジャロッド・ビアズリーとその母親に視線を据えた。

ふたりともケリーを忌み嫌っている。ラモーナ・ビアズリーの目の冷たさがケリーに伝わってきた。その目が言っている。〝あなたが勝つことは絶対にないわ。この私が勝たせません〟

ライアンを愛すること以外に、私がいったい何をしたというの？　もうたくさん。

私にはもっとふさわしいものがある。

私はもう罪をあがなった。

見くだされ、非難され、〝許される〟ことで、それを果たした。

ライアンのほうに向かって無理やりほほえみ、まるでこの世に憂いなどないかのように、椅子を後ろに押してゆっくりと立ち上がった。テーブル越しにジャロッドとその母を見つめ、全力で憎悪を放つ。

　そしてケリーはテーブルを囲む全員に言った。「もうけっこうよ。あなたがたはみんな座って私を非難の目で見ていた。ライアンには哀れみの視線を送っていた。私を評価して不可をつけた。まとめて地獄へ堕《お》ちればいいわ」

そしてケリーは再びジャロッドに向き直り、低い声で冷ややかに言った。

「あなたはろくでなしの悪党よ。地獄で私に会いたくなければ、私と私の子どもに近づかないで」

ライアンは立ち上がりかけたが、ケリーは彼を椅子に押し戻した。

「あなたはここにいなきゃだめ。大事な家族やお友達をがっかりさせないで」

彼が反応できずにいるうちに、ケリーはその場を離れた。

化粧室へ通じる戸口を出て、そのまま歩き続ける。そして寒さの中に飛び出し、身を震わせた。コートを取りに行かずに出てきてしまったが、ケリーは凍えるほどの寒さを、顔に当たる冷たい雪を喜んだ。

午後からずっと頭が痛かったが、この一時間、奥歯を噛《か》みしめて過ごしたせいで、頭痛は凶暴な痛みとなっていた。

ドレスの薄い層を寒さが貫かないうちに一ブロック歩いた。立ち止まり、通りかかったタクシーに手を振ったが停《と》まってくれない。さらに二度試して、ようやく一台がケリーの前に停車した。

ライアンの住所を言うか言わないかのうちに、涙がはらはらとこぼれ始めた。

ライアンが最初に考えたのはケリーのあとを追うことだった。だが彼の怒りは激しかった。こんなことはもう終わりにしなければならない。ケリーをこんな目に遭わせるのは、絶対に誰にも許さない。ライアンは勢いよく立ち上がり、両のてのひらをテーブルに打ちつけ、弟に向かって突進した。「いったいどういうことだ?」

怒りの視線の範囲には母も入っていた。母がひるんでも、ライアンは勢いをゆるめなかった。

ジャロッドは面食らった様子で、青ざめた顔をしている。もうたくさんだ。これは大きな間違いであり、今度は見過ごす気はない。以前も見過ごすべきではなかった。ケリーと自分の家族の明らかな不和を、軽く見るべきではなかったのだ。

母がこわばった顔で前に身を乗り出した。「怒らないでやって、ライアン。この子は私が呼んだのよ。あなたがどうしてもあの女と一緒になるというなら、どこかの時点で同席しなきゃならないわ。それともあなた、二度と家族に会わないつもりなの？　あの女は私たちに苦痛を与えてまだ足りないの？」

ライアンは罵倒の言葉を発し、母親をひるませた。「母さんは彼女を傷つけてまだ足りないんですか。今夜でおしまいにする。あからさまに僕らを別れさせようとする無神経な母さんに彼女を近づけるのは、もう終わりだ」

そしてラファエルに向かって言った。

「ラファエル、君とブライアニーに会えてよかった。君たちがニューヨークを離れる前にもう一度会いたい」

ライアンはデヴォンとキャムに向かってうなずいた。ふたりともここではなくほかの場所にいたいような顔をしている。それはライアンも同じ気持ちだ。

ライアンは二度と母と弟の顔を見ずに、テーブルを離れてケリーを捜しに行った。ケリーを連れて帰り、心から謝って、もう友人や家族の集まりには連れていかないと約束しよう。

今回もやめておくべきだったが、多少の期待があった……。大ばかな僕はその過程でケリーを傷つけてしまった。

大股でクロークに近づくと、ケリーのコートはまだそこに吊《つ》り下げられていた。急いで入り口を出たが、彼女の姿はない。恐怖に胸を締めつけられた。

「妊娠している女性が出ていくのを見なかったか？　小柄でブロンドで、紺のドレスを着ている」ライアンはボーイ長に尋ねた。

「はい。ほんの数秒前に出ていかれましたよ」

ライアンは悪態をついた。「どっちに行った？」

「見ておりません。タクシーに乗られたかどうか外でお尋ねになってみてはいかがでしょう」

ライアンは夜の街に走り出た。彼女が家に戻ったのだといいが。もし戻っていなかったら？

ケリーが通りを歩いていくのを見かけたと言われ、ライアンはあわてふためいて駆け出した。動揺した彼女がひとりきりで外にいると思うと、恐怖に突き上げられた。長い距離を歩いてはいけないのに。

ライアンは数えきれない人々に体をかすらせて先を急いだ。やがて前方に彼女を見つけた。ひとつ先のブロックでタクシーに乗りこもうとしている。彼女の名前を叫んだが、ドアは閉まり、タクシーは走り出した。ライアンを歩道に残して。

通りかかったタクシーに手を振ったが、いらだたしいことにスピードを落とさず通り過ぎた。次のタクシーが停まってくれたので、乗りこんで住所を告げた。アパートメントへ戻るあいだじゅう、彼女がそこにいてくれることを祈った。

タクシーがアパートメントの建物の前に停まると、ライアンは降りて玄関へ急ぎ、ドアマンの前で足を止めた。

「ちょっと前に、ミス・クリスチャンが入ってきたのを見かけたか?」

ドアマンはうなずいた。「はい。ついいましがた来られましたよ」

ライアンは安堵《あんど》のあまりふらついた。エレベーターに向かって駆け出し、まもなく自分のアパートメントに飛びこんだ。

「ケリー? ケリー、ハニー、どこにいる?」

答えを待たずに寝室に急ぐと、彼女がベッドの縁に腰かけていた。その顔は青ざめ、苦痛に引きつっている。ライアンの物音を聞いて、彼女は顔を上げた。その曇った目に、ライアンはたじろいだ。

彼女は泣いていた。

「大丈夫だと思ったのよ」ライアンが許しを請う間もなく、彼女が割れた声で言った。「忘れて前に進めると思った。あなたと私がうまくいっているかぎり、ほかの人たちが心の中でどれだけ私をこき下ろしても受け入れられると思った。私は自分にひどい仕打ちをしてしまったわ」

「ケリー……」

ライアンは彼女の表情の何かに黙らせられ、少し離れたところに立っていた。気を静めようとする彼女を見つめながら、無力感にとらわれる。

「今日あの場に座っているあいだ、あなたのお友達とお母さまは、嫌悪の目で私を見ていたわ。そして哀れみと驚きの入りまじった顔であなたを見てた。すべて、あなたが私を連れ戻したからよ。私は最悪なやり方であなたを裏切った尻軽女。でも私は自分がこんな目に遭ういわれはないと思ったの。絶対に」

ケリーが視線を上げた。彼女の目に映るとてつもない苦悩に、ライアンはぎょっとした。

「それに、今夜出かける前にあなたは私を〝許した〟わね。そこに立って〝僕は君を許してる、過去は過去だ〟と言ったわね」

ケリーは両手を固く握りしめ、目に怒りの炎を燃え上がらせている。彼女は立ち上がり、頬にとめどなく涙を流しながらライアンを見つめた。

「私はあなたを許さない。あなたが私を裏切ったことが忘れられない。男が愛し、守ると誓った女に対する、最悪の裏切り方よ」

ライアンはケリーの声の怒りにたじろぎ、一歩下がった。「君が、僕を、許さない?」

「私はあの日あなたに真実を話したわ」彼女の声は涙の重みで割れていた。「私を信じてと懇願した。ひざまずいてあなたにすがった。そうしたらあなたは何をした? あのいまいましい小切手を書いて、出ていけと言ったわ」

ライアンはもう一歩下がり、髪に片手を突っこんだ。何かがおかしい。とんでもなくおかしい。あの日の記憶はぼやけている。ケリーが膝をつき、涙に濡《ぬ》れた顔で、僕の脚に手を置いて、〝お願い、こんなことしないで〟とささやいたことはおぼえている。

胸がむかついた。あの日の気持ちになど絶対に立ち返りたくないが、それどころではないようだ。何かとんでもない誤りがある。

「あなたの弟に襲われたのよ。私はレイプされそうになったの。誘惑なんかしなかったわ。襲われて二週間もあざが消えなかった。二週間もよ。私は気が動転してしまって、あなたのところに駆けつけることしか考えられなかった。あなたは私を守ってくれる、なんとかしてくれると思っていたから。でも、あなたのところに走っていったら、あなたは目の前にいる私を無視したわ」

ライアンは胸がつまって息ができなくなった。

「あなたは耳を貸さなかったわね」ケリーは涙ながらに言った。「私の話を何も聞こうとしなかった。あなたの考えはすでに固まってた」

ライアンはごくりと唾をのみ、ふたりのあいだの距離を縮めた。彼女を座らせないと倒れてしまいそうで心配だった。だが彼女はライアンを振り払い、背中を向けて、肩を大きく上下させた。静かなすすり泣きが部屋じゅうに満ちる。

「いまは聞いているよ、ケリー」ライアンは無理やり声を出した。「何があったのか話してくれ。君を信じる。約束する」

だがもうわかっていた。すでにわかっていた。あの日のことが頭の中で何度も何度も再生され、以前は見るのを拒んでいたものが不意にはっきりと見えるようになった。ライアンは死にたくなった。

弟が嘘《うそ》をついていたのだ。ただの嘘ではない、入念に真実を組み替えて巧妙にねじ曲げ、ライアンを完全に欺いたのだ。

そのとき、ケリーが振り返った。あの美しい目が苦悩にさいなまれていた。「もうあなたが信じてくれるかどうかなんてどうでもいいの。肝心なときに信じてくれないんだもの。あなたの弟は私をレイプしようとした。私に乱暴しようとして私に触れ、私を傷つけた。私が彼を撃退して、いまされたことをあなたに話すと言ったら、彼はあなたが私の言葉をひと言も信じないようにすると言ったわ。おもしろいのはここからよ。私は、そんなことはないとあなたの弟に言ったのよ。あなたは私を愛しているし、私を傷つけたことを償わせるだろうって」

ケリーは言葉を切って、すすり泣きした。

ああ、神さま。いったい僕はなんてことをしてしまったのだ。弟からの電話を昨日のことのようにおぼえている。僕は弟の話を信じなかった——はじめのうちは。ケリーが興奮状態でやってきて、ジャロッドに聞かされたばかりの話とまったく同じ話をするまでは。

「彼があなたに話したのは、実際に起きたことそのままよ」ケリーはまるでライアンの思考をむしり取ったかのように、軽蔑をこめて言った。「ただし、彼はそれをぜんぶ私がでっち上げた〝嘘〟だと言ったけれど。私が彼と寝たことをあなたに知られたくなくてついた嘘だと。彼は私があなたのところに駆けこんで、起こったことを話したとき、あなたが信じないようにしたかったのよね。襲われた、レイプしようとした——私がそう主張するだろうと前もってあなたに言っておくなんて、うまいやり方だったわ」

あの日実際に起こったことが、ようやく理解できた。ライアンは恐怖のうちに彼女を見つめた。

「はたしてそのとおりになったわ。私はあなたのところへ飛んでいって、あなたの大事な弟にたったいまレイプされそうになったと訴えた。あなたは冷ややかな目で私を見て、嘘つき呼ばわりしたわね。それもすべて、私がそう言うだろうと弟が言った、それだけの理由で」

「レイプしたのか？」ライアンはささやきに近い声で訊《き》いた。「ケリー、あいつは君をレイプしたのか？」

「彼は私に触れた。そして私を殴った。私にあざをつけた。それでも足りない？」彼女はヒステリックな声で言った。「最大の皮肉は、私が彼の子を妊娠しているんじゃないかとあなたがすごく心配したことよ。彼とは何もなかったのに」

ケリーは再び泣き崩れ、両手に顔を埋《うず》めた。ライアンはそばに行って抱きしめたかったが、拒絶されるのが怖かった。以前、自分が彼女を拒絶したように。

ケリーは急に両手を下ろした。その顔は悲痛にゆがんでいた。

「世界じゅうの人々の中で、あなただけは私を信じてほしかった。私を抱きしめて〝大丈夫〟と言ってほしかった。あの日、私はとても興奮していたの。朝、妊娠検査薬を試して、妊娠していることがわかったから。すごくうれしかったけど、緊張していたわ。あなたがどう反応するか心配で。でも、そんなに喜んだのは、身ごもったのがあなたの子どもだったからよ」

ケリーのすすり泣きが喉を裂くようにあふれてくる。彼女は両手に顔を埋め、肩を激しく揺らした。

「ケリー、ほんとうにすまない。あいつは僕の弟だ。そんなことをするとはまったく考えなかった。弟が君に悪意を示したことはなかったし、君を受け入れているとしか思えなかった。あいつがそんな見下げ果てたまねをするとは夢にも思わなかったんだ」

ケリーは顔を上げ、どんよりとした目でライアンを見つめた。「でも、私はあなたを裏切ると思ったのね」

不意の沈黙が有罪の証明だった。ライアンは完全に凍りついてケリーを見つめた。なんの弁明もできなかった。あのとき僕はジャロッドを信じた。彼女は僕に真実を話した。僕に守ってもらおうとした。傷つき、おびえて、僕のところに来た。なのに僕は彼女をあばずれ扱いしてほうり出した。血を分けた肉親がそんな非道な行為をするとは想像できなかったからだ。

ライアンは目がちくちくし、喉は腫れて塊がつまったようになった。いままでの人生で初めて、どうするべきかまったくわからない状況に直面していた。

彼女は手を上げて頭をこすった。体が揺れたかと思うと、倒れかかるかのように前のめりになった。

「ケリー！」

ライアンは近づいたが、ケリーは不意に体を立て、片手を突き出してライアンを阻んだ。

「来ないで」絶望のにじむ低い声で言う。

「ケリー、お願いだ」

懇願するのはライアンの番だった。ここにいてもらい、償いをさせてもらうためなら、僕はなんだってする。

「ケリー、愛してる。君を愛するのをやめることはできなかった」

ケリーは再び目を上げた。涙に濡れた目を。「愛って、こんなふうに傷つくものではないはずよ。こんなものじゃない。信頼し合うことよ」

ライアンは再び前に動いた。彼女を抱きしめ、慰めてやりたくてたまらない。ライアンの胸に悲痛の念がこみ上げ、爆発しそうに感じられた。激しい怒りが体じゅうの血管を猛烈に流れる。

ケリーは再び頭に手をやり、ライアンの前を通り過ぎようとした。ライアンは彼女の肘をつかんだ。なんでもいい、彼女を止めたかった。彼女が出ていくつもりだと、心の中ではわかっていた。僕に二度目のチャンスを与えられる資格はない。彼女にそばにいてもらう資格はない。彼女の愛を得る資格はない。だがそれが欲しい。そのためなら命も惜しくない。

「行かないでくれ」

ケリーは振り返ってライアンを見た。彼女の目に深い悲しみが宿る。「ライアン、わからない？　私たちは無理なのよ。あなたは私を信頼していない。あなたの家族やお友達は私を嫌ってる。それで私はこの先どんな人生を送ることになる？　そんな目に遭ういわれは私にはないわ。そのことがわかるまでずいぶんかかった。二度とそんなことはしないと誓ったの。私はあなたと結婚することに同意した。あなたを心から愛しているし、一緒に前に進めると信じたから。でも私がばかだった。越えられない障害物もあるのよ」

彼女は目を閉じ、また苦痛の痙攣がその顔をよぎった。そして体が揺れた。彼女はとっさに手を出して、ドレッサーで体を支えた。

「ケリー、どうした？」ライアンは訊いた。

彼女は額をさすりながら目を開いたが、視点が定まっていなかった。「頭が」泣きべそのような声が漏れ、何かがおかしいとわかった。彼女は感情的な苦しみ以外の何かを感じているのだ。

ケリーの顔が白くなった。その目にパニックが閃《ひらめ》いて、ほんの一瞬、彼女は助けを求めてライアンを見た。

ライアンが反応する間もなく、ケリーの膝ががくりと折れて、彼女は音もなく床に滑り落ちた。

16

「ケリー!」

ライアンは床にしゃがみこんだ。とっさに彼女を腕に抱いたが、彼女は硬直し、体を痙《けい》攣《れん》させていた。口角に泡が見え、顎を固く閉じている。ライアンは携帯電話をつかみ、ぎこちなく九一一を押した。

「救急車をお願いします。僕の婚約者です。妊娠中なんです。発作を起こしたようで」

意味をなさないのはわかっていた。落ち着こうと努力しても、ライアンの心と頭は悲鳴をあげていた。九一一のオペレーターの質問に機械的に答えながら、なんとしてもケリーを助けようと彼女の上に身をかがめた。

まもなく、彼女の体がぐったりして、頭が横を向いた。

「僕を置いていかないでくれ、ケリー」必死の思いでささやく。「がんばれ。心から君を愛してる」

彼女の力の抜けた手を、ライアンがあげた指輪をした手を持ち上げ、そのてのひらに頬を押し当てた。肌にキスをするうちに、呼吸が乱れてすすり泣きになった。こんなに恐ろしいのは生まれて初めてだ。

数分の時間が永遠にも感じられる。オペレーターは質問を続け、ライアンを励ました。だがケリーは意識を失ったままで、床にじっと横たわっている。時間が長引けば長引くほど、ライアンのパニックと無力感はどんどんつのっていった。

うんざりするほど長い時間を待ったような気がする。やがて救急隊員が玄関から声をかけてきた。

「こっちです！」ライアンはかすれた声で呼んだ。

隊員たちが駆けこんできて、ケリーから離れるようライアンに合図をすると、応急処置を始めた。そのあいだライアンは呆然《ぼうぜん》と立ち、彼らがケリーをストレッチャーに乗せて外へ急ぐのを見つめた。

ライアンもあとを追った。唇から祈りのささやきがこぼれる。隊員らは待っていた救急車にケリーを乗せ、ライアンもあとから乗りこんだ。

病院へ向かう途中で、ライアンは携帯電話を取り出した。誰に電話をする？　誰もいない。冷たい憤怒《ふんぬ》がライアンの血管を凍らせた。僕が信頼していた人々――とくに弟――が許せないふるまいをした。真の憎しみを本気で感じたのはこれが初めてだ。

ライアンは両手に顔を伏せて、落ち着きを失わないよう自らを律した。いまはだめだ。ケリーが僕を必要としている。以前は、彼女のそばにいてやれなかった。彼女が最も僕を必要としていたときに、彼女を見捨てるというあやまちをすでに犯した。

彼女は僕にとって最も大切な存在だ。彼女がそう思えないようなことをするくらいなら、僕は死ぬ。

ライアンは立ったままドクターの話を聞いた。ケリーの容態はかなり深刻だ。彼女は血圧を下げて今後の子癇《しかん》発作を防ぐために硫酸マグネシウムの点滴を受けているが、あと数時間で効果が見られなければ、緊急帝王切開手術がおこなわれることになる。

「子どもへのリスクは?」ライアンはしわがれ声で尋ねた。「早すぎますよね?」

ドクターは気の毒そうな顔をした。「選択の余地はありません。ほうっておいたら、母子ともに命が危ない。これから赤ん坊の肺の発育具合を調べます。三十四週ですから、問題なく生存する可能性は高いですよ」

ライアンは髪に片手を突っこみ、目を閉じた。彼女をこんな目に遭わせたのは僕だ。彼女は妊娠中大事にされ、人にかいがいしく世話をされるべきだった。なのに彼女は想像も及ばないストレスを受けながら、きつい肉体労働を余儀なくされた。そして僕が連れ戻したあとは、蔑みと敵意と絶え間のない苦悩にさらされることになった。

「ケリーは……ケリーは大丈夫でしょうか？」

自分が息をつめていたことに、胸が焼けついて初めて気がついた。

「状態は重篤です。血圧が異常に高い。また発作が起きるかもしれません。われわれは手を尽くして血圧を下げ、赤ん坊の状態をモニターします。彼女が気持ちを落ち着けて、ストレスを受けないことが肝要です。もし血圧を下げて出産を予定日近くまで延ばすことに成功しても、それまでは絶対安静です」

「わかりました。いま会えますか？」

「お入りください。でも興奮させてはいけません。彼女が動揺するようなことを言わないように」

ライアンはうなずき、ケリーの病室に向かって数歩進んだ。ドアの前で足を止める。入るのが怖い。僕が顔を出しただけで彼女が動揺したらどうする？

ようやくドアを開け、そっと入った。中は暗く、バスルームからの明かりが部屋を照らすだけだった。ケリーはベッドに横たわっていた。両側にたくさんの医療機器が並んでいる。

ライアンは慎重に近づいた。彼女の横にそっと立ち、青ざめた顔を見下ろす。目は閉じられているが、眉間にしわが寄っている。心配のせいか痛みのせいかわからない。おそらく両方だろう。

彼女の胸は浅い呼吸でかろうじて上下していた。不意に、今夜起こったすべてが、いっきにライアンに押し寄せてきた。

弟にされたことを、苦しそうに語るケリーの悲痛にゆがんだ顔を、僕は絶対に忘れないだろう。彼女は半年前、僕に話そうとした。だが僕は耳を貸さなかった。彼女が嘘《うそ》をついていると決めつけていた。

ライアンは椅子を引き寄せ、眠っている彼女のできるだけ近くに座った。点滴をしていないほうの手の下に指を差しこみ、その手を持ち上げて唇に押し当てた。

「すまない、ケル」悲嘆に暮れて言う。「ほんとうにすまない」

「ライアン。おい、起きろ」ライアンは目を開き、強烈な首の凝りにうめきを漏らした。

窓のブラインドから差しこむ日の光に、ライアンはぎょっとした。

ライアンの目は最初にケリーを捜した。まだ眠っている。体が水平にならないよう、ベッドが少し高くなっていて、点滴の液の袋が替えられて間もないらしく、中身がいっぱいになっていた。

首の凝りをほぐしながら振り返ると、ライアンが寝ていた椅子の横に、デヴォンが心配そうに目を曇らせて立っていた。

「いったい何があった?」彼が低い声で訊《き》いた。

ライアンはケリーを起こしたくなくて、慎重に立ち上がった。デヴォンについてくるよう合図をして病室の外へ向かう。ふたりが出ると、キャムが壁を背中で押すようにして離れ、眉毛を引き上げて無言で問いかけた。

「ふたりでここで何をしてる?」ライアンは眉をひそめて訊いた。

「ゆうべはたいへんだったな」デヴォンが言う。「おまえに電話したんだがつながらないから、おまえのアパートメントに行ったんだ。そしたらケリーが救急車で病院に向かったとドアマンから聞いた。それで様子はどうかと来てみたんだよ」

また喉がつまったライアンは、目を閉じた。

「おまえ、座ったほうがいいな」キャムが言う。「何か食べたのか?」

ライアンは首を振った。

「よかったら話してみないか」デヴォンが促した。

ライアンはふたりの友人を見つめ、かすれた笑いを漏らした。「一生のうちで最悪のあやまちを犯し、償いができるかどうかわからない。それをどう説明する?」

「そりゃ、きついな」キャムが言う。

「きついどころじゃない」

「ケリーは大丈夫なのか?」デヴォンが言った。「それに赤ん坊は?」

「僕も知りたい。もしケリーの血圧が下がらなければ帝王切開が必要かもしれない。彼女をこんな目に遭わせたのは僕だ。僕がそばにいてやらなかったからだ。僕は救いようのないろくでなしだ」

キャムとデヴォンは視線を交わした。

「弟が彼女に暴行を働いた」ライアンは言った。怒りが再びあふれ出す。「あいつは彼女をレイプしようとしたが撃退され、僕に電話して巧妙な話をしてきた。合意のもとで彼女と寝たが、これはやっぱり間違いだと彼女に言うと、彼女は浮気をしたことで僕に捨てられないように弟を脅したと言ったんだ――弟にレイプされそうになったと僕に言いつけると。それから三十分もしないうちに、彼女が僕のオフィスに現れて、まさに弟が言ったとおりの話をした。僕は彼女の話を信じなかった。なぜなら、弟が、この手で育てたも同然の弟が、そんな見下げ果てたまねをするとは思いもしなかったからだ。そして彼女がひざまずいて僕にすがり、信じてほしいと懇願したとき、僕は小切手を書き、とっとと出ていけと彼女に言った」

デヴォンとキャムは言葉を失い、呆然とライアンを見つめた。

「そんなことをどうしてすんだ話にできる？」ライアンはうなった。「僕が太っ腹にも〝君を許す〟と彼女に言ったのはディナーのつい前日だと知っているか？　過去を忘れて前に進もう、君が浮気をしたことを僕は許すと言ったんだ」

ライアンはかすれた声で笑った。

「そうさ、最初から僕は偉そうにやり直しを求めた。許されない扱いを彼女にしたのに。彼女は僕に助けを求めてきた。頼れるのは僕ひとりだったからだ。なのに僕は彼女に背を向けた」

落ち着きを失ったライアンは横を向いた。壁にこぶしを打ちこみたい。怒りのままに叫びたい。

友人たちがライアンをはさむように立ち、彼の肩にそれぞれ手を置いた。

「なんと言えばいいか」デヴォンが静かに言った。

「あの大ばか野郎は誰かが根性をたたき直してやる必要があるな」キャムがうなった。

ライアンはゆっくり顔を上げた。「あいつを二度と彼女に近づかせるものか。殺してやる」

「待て待て」デヴォンがつぶやいた。「おまえが怒るのはわかるし、そうする権利があるが、おまえ自身が刑務所に入るようなまねはするな。ケリーにはおまえが必要だ。つかまったら彼女の力になれないぞ」

「このまますことはできない」ライアンは言った。「あいつは彼女に触れた。彼女を辱め、傷つけたんだ」

「僕が一緒に行く」キャムがそっけなく言った。

ライアンは首を振った。

「おまえに選択の余地はない。僕が同行するか、いやなら僕は警察に電話する。僕なら弟をたたきのめさせてやるぞ。だが殺させはしない。警察はあいつに触れさせてもくれないぞ」

ライアンの唇はゆがみ、歯がむき出しになった。

デヴォンがため息をついた。「こんなおまえを見たら彼女は死ぬほどおびえるぞ。何をやらなきゃならないにしても、彼女が目を覚ましたときに必要とする支援を与えることができるようにしろ」

「ケリーにはデヴォンがついてる」キャムが言った。「僕はおまえと一緒にジャロッドと対決しに行く。そうすればここに、おまえがいるべき場所に戻ってきて、すべてを過去に葬ることができる」

キャムは簡単そうに言ったが、ライアンにはわかっていた。ケリーはもう僕を許してくれないかもしれない。だがそうだとしても無理はない。でも、もし彼女が許してくれて、一緒に生きていくことになったら、僕の家族は二度と彼女に関わらせない。

「そうしてくれるか」ライアンは言った。「しばらくケリーについていてくれるか。もし目を覚ましたら、彼女には……」

「まかせておけ」デヴォンが言った。「おまえは行って頭をすっきりさせてこい。僕の代わりにあいつをとっちめてくれ」

17

ライアンに執拗《しつよう》なノックをされて、ドアを開けたとき、ジャロッドは兄を見てあきらめたような表情になった。ライアンは何を言う暇も与えずに弟のシャツをつかみ、彼が暮らす狭いスタジオタイプのアパートメントに、後ろ向きに押しこんだ。

「何――?」

ライアンはこぶしで黙らせた。ライアンとキャムは一メートルほど離れた場所に立って、床に這《は》いつくばったジャロッドが起き上がるのを待った。

ジャロッドはよろめきながら立ち上がり、口についた血をぬぐった。「いったいなんだよ、兄さん?」

「なぜあんなことをした?」ライアンは不気味に落ち着いた声で訊《き》いた。「なぜだ」

ジャロッドの顔に動揺の表情がよぎった。口角がだらりと下がり、目がうつろになる。少なくとももとぼける気はないようだ。

ジャロッドは再び口をぬぐった。「謝っても意味がないのはわかってるけど、ごめん」

ライアンは怒りを爆発させた。ジャロッドは身を守ろうともしなかった。彼は床に倒れ、今度は起き上がらなかった。

「ごめん？　すまないと思っているのか？　おまえは彼女をレイプしようとした。僕に嘘《うそ》をついた。いったいどうしてしまったんだ。彼女は僕が結婚するつもりだった女性だ。なぜそんなことができる？」

「母さんだ」ジャロッドがげっそりした声で言った。

ライアンは唖然《あぜん》として一歩下がった。「母さん？　母さんがおまえにやらせたのか？」

ジャロッドは体を少し引き上げて壁にもたれると、うんざりした顔で髪に手を突っこんだ。

「そうだよ。兄さんがケリーにプロポーズしたと知ったとき、母さんは激怒した。兄さんをぽっと出の貧しい女と結婚させるものかって。母さんは彼女に金をやって追い払えと僕に言ったんだ。彼女が拒否したら、嘘のレイプ話で彼女を陥れろと。誓って言うけど、僕は本気でレイプするつもりじゃなかった。僕と彼女が寝たと、兄さんに思わせたかっただけだ」

「嘘だろ」キャムがつぶやく。「どうかしてるよ」

ライアンは頭の先から爪先まで麻痺《まひ》してしまっていた。実の母がそんなひどいことをしたとは。考えられない。誰かが嫌いだからといって、そんなことをしてまで追い払おうと思うものか？

「ゆうべ僕をディナーに呼んだのは母さんだ。でも母さんは、兄さんが僕に来てほしがってると言ったんだ。だから僕は……ひょっとしたら兄さんとケリーが過去を帳消しにしてくれて、また家族になれるんじゃないかと思ったんだ。昔みたいに」

ライアンは両手をだらりと下げた。不意に気がめいり、その場を離れたくなった。「おまえはもう僕の家族じゃない。ケリーと生まれてくる子が僕の家族だ。おまえの顔は二度と見たくない。今後ケリーに少しでも近づいたら後悔することになるぞ」

「兄さん、やめてくれ。お願いだ」ジャロッドはかすれた声で呼びかけた。

ライアンはドアのところで立ち止まり、ゆっくりと振り向いた。「彼女もそんなふうに懇願したか？　彼女もやめてと言ったか？」

ジャロッドの顔が鈍い赤に染まった。彼は顔をそむけ、もう兄の目を見ることができなかった。

「さて」キャムが小さく言った。「行こうか」

外に出ると、ライアンは待っている車のほうへキャムをつついた。「先に行ってくれ。

僕はタクシーで帰る。母に会いに行くよ」

「一緒に行かなくて大丈夫か？」

「ああ。これは自分ひとりでやることだ」

ライアンは母の家の玄関を鋭くノックした。応対したメイドに、母に会いたいと簡潔に告げた。

まもなく、ライアンが通された部屋に、母が心配そうに眉間にしわを寄せて急ぎ足でやってきた。

「ライアン？　どうかしたの？　来るって電話をくれなかったわね」

ライアンは母を見つめた。僕に生を授けてくれた女性のことが、どうしてここまで見えなかったのだろう。母が昔から自己中心的な人だったのは確かだが、無実の女性に害を及ぼすほどの悪意の持ち主だとは考えたことがなかった。

言葉が見つからない。体内に沸き立つこの嫌悪感を、どうやって伝えればいいのだろう。

僕の家族。僕が頼りにできるはずの人々。

それが……邪悪な人間だったとは。

「ライアン？」

母は息子の腕に手を置いて、心配そうに顔を見た。

ライアンはその手を振り払い、一歩下がった。嫌悪の情で窒息しそうだ。

「僕にさわるな」ライアンは低い声で言った。「母さんが……母さんとジャロッドが何をしたか、僕は知ってる。僕は絶対に許さない」

仰天した母の顔にしわが寄る。母は片手をほうり上げ、腕組みをして横を向いた。

「あの子はあなたが一緒になるべき相手じゃないわ、ライアン。もしこんなにのぼせ上がっていなければ、あなたにだってわかるわよ」

「否定もしないんだな。信じられない。ケリーはあんな目に遭わされるほどのことを、母さんにしたのか？　彼女はいま病院にいる。彼女は僕の子を身ごもっている。母さんの孫だよ。ジャロッドに襲わせたとき、すでに妊娠していた。あんなことをするなんて、どんな人間なんだ？」

「自分の息子たちを守ったことを後悔してないわ」母は頑固に言った。「あなたも自分の子が生まれたらわかるでしょうよ。なぜ私があいうことをしたのか理解するはず。親というものは、わが子のためならなんだってやるの。わが子が人生最大のあやまちを犯すのを、ただぼんやり見ていられないわ。何年かたったらまたいらっしゃい。それでもまだそんなに私が憎いか、自分に問いかけてみることね」

母がそこまで言って自分の行動を正当化したことに、ライアンは唖然とした。彼らは道徳的に非難されるだけではない。犯罪者だ。

「自分が母さんのような行動をしないことを願うよ。自分の眼鏡にかなわないというだけで、なんの罪もない女性を傷つけたりしないことを。彼女が僕らにふさわしくない？　僕らのほうが彼女にふさわしくないよ。彼女が僕を受け入れて許してくれるのを祈るしかない」

母親の目が憤怒《ふんぬ》に燃えた。

「あなたは下半身でものを考える典型的な男よ。いまは肉欲にすっかり目がくらんでいるけど、数年たてばいまと同じ目で彼女を見なくなるわ。そのときは、あなたを守ろうとした私に感謝することでしょうよ。あなたは彼女より上等な人間。どうしたらわかってもらえるのかしら」

ライアンは首を横に振った。悲しみと苦悩が胸につまり、息ができないくらいだ。「このことで感謝することは絶対にない。もうあなたは僕にとって意味のない人だ。僕は大切な妻と子を、あなたの毒にさらすことは決してしない」

母の顔がショックで蒼白《そうはく》になった。「本気じゃないでしょうね」

「本気だよ。あなたはもう僕の母ではない。僕に母親はいない。ケリーと子ども以外に家族はいない。僕は絶対にあなたを許さない。僕に近づかないでくれ。ケリーに近づかないでくれ。もし僕の家族に百メートルより近づいたら、あなたが僕を産んだことは忘れて、あなたに手錠をかけてもらう」

母は言葉もなくライアンを見つめている。僕の愛する人を、ここまで冷酷に破滅へと追いこもうとしなかったなら、気の毒に思ったかもしれない。だがこの人はなんの悔恨も見せなかった。

「もう何も言うことはない」ライアンは吐き捨てた。

背を向けてその場をあとにする。待って、と叫ぶ母の声が耳に響いた。

ライアンは一度も振り返らずに家を出た。待っていたタクシーに乗りこみ、病院へ戻るよう運転手に告げる。ケリーが僕を必要としている。彼女と僕の子どもが僕を必要としている。

ケリーが僕を許してくれる見込みはないが、彼女が生きていくうえで何も不自由のないようにしてあげようと思う。彼女と子どもを扶養する。僕はこれから一生、彼女に償いをして生きていく。

彼女がそうさせてくれるのであれば。

ケリーは静けさの中で目を覚ました。あの恐ろしい耳鳴りがもう聞こえないことに、泣きたいほどほっとした。ひどい頭痛も消えていた。

奇妙なほど苦痛から解放されていた。

まわりを見て、自分が病室にいることに気づくのに、しばらく時間がかかった。

すると、倒れるにいたった出来事が頭の中に閃《ひらめ》いた。両手がとっさにおなかへ動き、まだ固いボールがそこにあるのを感じて少しほっとした。

赤ちゃんは大丈夫なのだろうか。

私は大丈夫なのだろうか。

ケリーは強めにまばたきをして、部屋の中のあちこちに焦点を合わせた。化粧室のドアのすき間から光が差しこんでいる。ブラインドを見て、外が暗いのがわかった。

そのとき、ベッドの横の椅子に、ケリーの視線が留まった。ライアンがこちらを見つめていた。真剣なまなざしで。その青い目に光るありのままの感情に、ケリーは思わずたじろいだ。

「やあ」彼は静かに言った。「気分はどう？」

「何も感じないわ」ケリーはましな答えを思いつけずに答えた。「真っ白という感じ。もう頭痛もないし。足はまだむくんでる？」

ライアンは注意深くシーツをめくって足を出した。「ちょっとだね。前ほどひどくない。薬が投与されているし、赤ん坊もモニターされてる」

「赤ちゃんはどうなの？」喉に恐怖がつまる。

「いまのところは心配ない。君の血圧は安定したけど、また上がったり、赤ん坊の状態が悪くなり出したりしたら、帝王切開になるかもしれない」

ケリーは目を閉じた。するとライアンがそばに来て、ケリーを抱きしめ、こめかみに唇を押し当てた。

「心配しないで、ラブ」彼がつぶやく。「君は動揺してはいけないことになってる。受けているのは最高の治療だ。君は二十四時間モニタリングされてる。ドクターが言うには、赤ん坊は三十四週にしては立派に育っているそうだ」

ケリーは枕にぐったりともたれ、目を閉じた。

あまりに疲れていて、横たわったまま赤ちゃんの無事を神に感謝する以上のことができない。

「僕が君の面倒を見るよ、ケル」ライアンがそっとつぶやいた。「君と子どもの面倒を見る。二度と何者にも君を傷つけさせない。約束する」

ケリーのまぶたが涙で熱くなった。感情的にも肉体的にも消耗していて、言い返す力がない。ケリーの中の何かが壊れていて、どうやって直せばいいのかわからない。

ライアンは体を引いたが、彼の目は気遣いと愛に輝いていた。でもそれでじゅうぶん？　信頼のない愛ってなんだろう。彼は私を求めている。罪悪感をいだいている。いやな人間ではない。ちゃんと感情を持っている人で、真実を知ったいま死ぬ思いをしているだろう。でも彼は私を信じてくれなかった。これだけの心の痛みと裏切りがからむときに、あらためて親密な関係を結ぶことができるのだろうか。ひょっとしたら試すまでもなかったのかもしれない。

「これからどうなるの？」ケリーはささやいた。「私、ここにいなきゃならないの？　家に帰るの？」ケリーは唇を噛《か》んだ。自分の行き場がわからない。ライアンとの関係には大きな疑問符がついた。でも、彼と一緒に帰る以外、行く場所がない。それに、赤ちゃんの健康が最優先だ。

ライアンはケリーの手を取った――彼の指輪がはめられている手を。そしてうわの空でさすった。

「容態がはっきりするまで、ここにいることになる。でもドクターは、もし家に帰っても、出産まで絶対安静だと言ってる」

ケリーの表情に恐れが表れたに違いない。ライアンが身を乗り出してケリーの額に再びキスをした。

「ハニー、君は気をもまなくていい。僕が何もかも引き受ける。どこか暖かくて美しい場所へ行こう。君がしなければならないのは、ビーチや快適な椅子に寝そべって夕焼けを眺めることだけだ。医師を雇って、君の状態をすべて観察してもらおう」

ケリーの眉間にしわが寄った。頭に痛みがじわじわ戻ってくるのを感じる。

「ライアン、どこかの島の楽園に行ってしまうなんて無理よ。見て見ぬふりをしても私たちの問題は解決しないもの」

ライアンはケリーの額に手を当てて、髪を後ろになでつけた。「いま、君が集中する必要があるのは、気分よく過ごすこと、できるだけ長くおなかの中に赤ん坊をとどめることだ。そして、僕が集中する必要があるのは、君の毎日からできるだけストレスを取り除くことだ」

ケリーは返事をしようと口を開いたが、軽いキスで封じられた。

「僕らに解決するべきことがたくさんあるのはわかっている。でもいまは、僕らの不一致は横に置いておいて、赤ん坊と君の健康に集中しよう。僕らはそれができるだろうか?」

ケリーの抵抗はどこかに消えた。彼の手から自分の手を抜かずに、ゆっくりとうなずいた。

過去に何があったとしても、いま彼は私と赤ちゃんのことをこんなにも心配してくれている。それに彼の言うとおりだ。ふたりのあいだのことより、いまは子どもが最優先だ。

18

「ミス・クリスチャンを退院させるのは気が進みませんね」ケリーの主治医が、病室の外に立っていかめしく言った。「著しい改善は見られます。血圧は正常です。胎児には危険な徴候は何もありません。四十週たっぷりおなかに入れておけそうです。しかし、退院するのはどうも賛成できません」

ライアンはうなじをさすった。「どうすればそれが可能になります？　彼女はここにいては不満なんです。彼女らしくいられない」

ドクターはうなずいた。「それがまさに、退院させるのが心配である理由なのです。ここなら少なくとも、必要なケアを受けていると確認できます。気力が衰えていますし、ストレスの程度がとても心配なのです。過度の心痛を引き起こすような状況に彼女を置かないことが絶対に必要です」

「旅行の許可をいただければ、彼女を遠くへ連れていこうと考えています。暖かくて、指一本動かさなくてもいいような場所へ。島まで医療チームに同行してもらうこともできます。向こうに着いたら医師を雇って彼女の状態を監視してもらいますし、地元の病院にも状況をすべて知らせます」

ドクターは黙った。ライアンの提案を考慮しているようだ。「どうもそれがよさそうですね。ここは寒くて少々気がめいる。おそらく気候がよくなればケリーも気分が浮き立って力を取り戻すことでしょう。鬱の瀬戸際にいるいまの状態で出産を迎えるのは、母体にも赤ん坊にもよくありません」

悲しみに打ち沈むケリーのことを考えて、ライアンの胸が痛んだ。

「許可をいただければ、すぐにこの街を出る手配をします」ライアンは静かに言った。「彼女にまた元気になってもらうためなら、僕はなんでもする」

ドクターはライアンを厳しい目で見つめると、クリップボードを下ろした。「信じてますよ、ミスター・ビアズリー。あなたが雇う医師の名と、ケリーの経過観察をする病院の名前を教えてください。私から彼女の医療記録を送っておきます。彼女の医師とじかに話がしたい。状況の厳しさと複雑さをちゃんと伝えます」

「ありがとうございます」ライアンは心からそう言った。「ドクターのご配慮に感謝します」

「よく面倒を見てさしあげてください。うら若い女性があそこまで悲しむのは私も見たくない」

ライアンはうなずいた。胸がつまる。もちろん、しっかりと彼女の面倒を見るつもりだ。だが、再び彼女を幸せにできるかどうかはまだわからない。それでもあきらめるつもりはない。僕は彼女に一度背を向けた。僕を疑う理由は二度と彼女に与えない。たとえ永遠という時間が必要でも、僕を頼りにしていいということを彼女にわかってもらう。

ケリーは病室の窓際でアームチェアに座り、雪のかけらが猛烈に渦巻く外を見つめていた。部屋はじゅうぶんに暖かいが、ケリーは身を震わせた。

「毛布が欲しい？」ライアンが尋ねた。

ケリーは驚いて振り返った。

「びっくりさせたならごめん」彼は低い声で言った。

「そうじゃないわ。あなたが入ってくる音が聞こえなかっただけ」

彼はケリーの前に移動して、窓枠に腰を引っかけた。ポケットに両手を突っこみ、ケリーを見つめる。

「ドクターとの話が終わったよ。君を退院させてくれるそうだ」

ケリーは驚いて目を見開いた。

「もちろん、条件がある。ドクターは君の体をとても心配していてね」

ケリーは眉をひそめた。「どんな条件？」

「すでに手配はぜんぶすませた。僕が何もかも引き受ける。君は元気になることと、体力を回復することに集中して」

ケリーは首を振り、このところひっきりなしに頭にしみこんでくるぼやっとした感じを晴らそうとした。倒れて以来ずっと霧の中にいるようだ。

ケリーが黙っていると、ライアンが続けた。

「この街を出よう。救急車が空港まで君を運んでくれる。そこから医療チームがセント・アンジェロまで一緒に飛ぶことになっている」

ケリーは再び首を振り、沈黙のうちに否定をした。そしてようやく異議を口に出すことができた。

「ライアン、あなたはここを離れてはだめ。赤ちゃんが生まれるまで何週間もかかるのよ。そんなに長く私にかまけていたらいけないわ。仕事もほうっておけないでしょう。あなたの人生はここにあるのよ」

彼はケリーの前にすっと膝をつき、ケリーの両手を包んだ。「僕の人生は君とともにある。君と赤ん坊が無条件に最優先だ。僕が留守のあいだ、いろいろやってくれる有能な部下や、喜んで首を突っこんで仕事を肩代わりしてくれるビジネスパートナーたちがいる。行き先はリゾートの建設現場からすぐだから、そこで何か問題が起きたときにはすぐに見に行ける」

ケリーがひどく取り乱して倒れた夜のことは、一度も話題になっていない。それはふたりの未来の話や、彼の弟の話と同様に、慎重に避けられていた。ライアンの目に深い苦悩と罪悪感が見えるが、彼はその話題を切り出さないし、それはケリーも同じだ。自分を動揺させずにその話はできず、動揺するようなことはしないようにとドクターに警告されている。

いまも、ケリーの心は、彼に支配されて連れ去られるのを許すなと言っていた。でも抵抗するにはかなりの努力が必要だ。ケリーは力のすべてを使い果たしていた。

「ケリー？」ライアンがやさしく尋ねる。「ハニー、何を考えているんだい？」

ケリーは視線を移して彼の目を見た。眉間に心配そうにしわを寄せ、まるでケリーの思考を引っぱり出そうとしているかのようにじっと見つめてくる。

「疲れたわ」ケリーは正直に言った。それに弱っている。心が痛い。自分が何を望んでいるかわからない。赤ちゃんにとっては何が最善なのかをめぐって闘っている。

単に説明するのがたいへんだから言おうとしないことがたくさんある。

彼はケリーの頬に触れ、やさしくなでた。「わかってる、ベイビー。こんなことを君に頼む権利はないけれど、それでも頼む。僕を信じてほしい。君の世話をさせてほしい。君を連れ出させてほしい。君はあの島がとても気に入っていた」

彼はケリーが望んだあらゆるものを差し出してくれている。愛情。気遣い。夢。彼は私に夢を与えてくれている。でも夢は続かない。これは一度やったことだ。現実から逃避して、島でのどかな数日間を過ごした。でもそれが終わったとき、ふたりとも人生の冷たい現実に戻らなければならなかった。

「赤ちゃんが生まれるまでそこにいたいわ」ケリーは静かに言った。「ここでは生まれてほしくない。私を嫌う人々に囲まれていたくない。私に向けられている敵意にわが子をさらしたくない」

「手配はすんでる」

ケリーは驚いて目を見開いた。

「僕と一緒に来てほしい。僕を信頼してくれ。少なくともいまからは」

もしかしたら、赤ちゃんが生まれたあとも島にいられるかもしれない。ふたりが親密な関係を結ぶことは不可能だと、もうライアンもわかったに違いない。でも私と赤ちゃんは島で生きていける。必要なものは多くない。小さなコテージか、アパートメントでもいい。また立てるようになったらすぐに仕事を見つけよう。ウェイトレスをしていたのだ。きつい仕事は怖くない。

そしてライアンが子どもに会いたくなったら、島に来ればいい。自家用ジェット機と、一年以内に完成予定のリゾートの所有者なのだ。しばしば子どもに会いに来るのもわけないはずだ。

目標とプランができたことに後押しされて、ケリーはうなずいた。

ライアンの安堵《あんど》は明らかだった。彼は身を乗り出してキスをしようとしたが、ケリーは顔をめぐらせて彼の唇が頬に触れるようにした。

「少しだけ出かけてくるよ」ライアンは体を引いて言った。「出発に向けて手配をぜんぶすませて、旅のあいだ君に必要なものを用意しないと。できるだけ早く戻ってくる。何か欲しいものはあるかい?」

ケリーが首を振ると彼は立ち上がったが、去っていく前に、ケリーの髪をひとなでした。

「君にまたほほえんでもらうためなら、僕はなんだってする」

返事ができずにいるうちに、彼は背を向けて静かに部屋から出ていった。ひとりになったケリーは窓の向こうに降る雪を見つめた。

フライトも、海辺の別荘までの移動も、じつにスムーズだった。ライアンはケリーにあらゆる配慮が行き届くようにしていた。ケリーは際限なく大事にされ、仕えられ、島に到着したときには、ケリーの体調を監視することになる医師だけでなく、別荘に住みこむ看護師まで待っていた。

広大な別荘をひと目見たケリーは、思わず息をのんだ。門をくぐり、みずみずしく美しい花々に縁取られた私道を走る。私道は一瞬だけ海岸と並行し、そして母屋の前で行き止まりとなった。

家はビーチからほんの数歩と離れていないに違いない。裏口から砂浜に下りられると思うと、ケリーの体を興奮が駆けめぐった。

ライアンはケリーを運んで家に入ると言いはった。ケリーを胸に横抱きにして、玄関を通る。ケリーは首を伸ばして家の内部を見た。

彼はケリーに見せてまわることをせず、裏手の広いポーチへ続くガラス戸のところへ連れていった。ケリーが思ったとおり、ポーチから砂浜まで飛び石三つしかなかった。

ポーチに下りると同時に、海からの風がケリーの髪を乱した。目を閉じて、深く息を吸い、潮の香りと湿気をはらんだ暖かい空気を味わう。

「すてきだわ」ケリーはため息交じりに言った。

ライアンはほほえんだ。「喜んでくれてよかった――ここは君のものだから」

ケリーは彼の腕の中で身動きを止め、彼の目を見つめた。呆然《ぼうぜん》とするあまり、なかなか声が出てこなかった。「よくわからないんだけど」

彼は砂地に続くステップにケリーを座らせた。そして隣に座り、きらめく青い海を見つめた。

「君のためにここを買ったんだ。僕らのために。ここは君の家だ」

ケリーは完全に言葉を失った。長いあいだ麻痺《まひ》したようだった心が解きほぐされていく。まるで太陽のぬくもりが氷を溶かし、それとともに新しい感覚がもたらされたかのように。より鮮明にものが見える。ケリーはライアンを見た。ケリーを幸せにするために、面倒を見るために、多大な努力をしている彼を見た。胸の内で希望が脈動を始めたが、自由にさせるのが怖くて押し戻した。

「でもライアン、あなたはニューヨークの住人よ。あなたの人生は向こうにあるわ。家族も、お友達も。数日幸せに過ごしたからというだけで、あなたがここに移り住むなんてむちゃよ」

「むちゃかな？」

ライアンはケリーの手を取り、指と指をからめた。「君がまだ知らないことがあってね。弟と母とは、絶縁した。僕らの人生から完全に切り離した」

「まあ、ライアン、そんな……」ケリーの目に涙があふれた。あのふたりがどんなに嫌いでも、そこまでのことは彼に望んではいなかった。

彼は親指でケリーの涙をぬぐった。「あのふたりや僕のために涙を流さないでほしい。それだけの価値はない。僕は自分のしたことを後悔していない。ただ、君を傷つけさせたこと、君がされていたことを見抜けなかったことは、死ぬほど後悔している」

「でも、私がいなければ絶縁なんてしなくてすんだのに」ケリーはつらそうに言った。「あのふたりはあなたの家族よ。いまはふたりに腹を立てているかもしれないけど、何年かたったら、家族を引き裂くくさびとなった私に腹を立てる日が来るんじゃない？」

「ふたりの行動の責任は、君にはない」彼は猛然と言った。「僕はあんなことをした母と弟を憎んでいる。卑劣にもほどがある。ふたりに君の配慮を受ける資格などない。僕の配慮もだ。あんな毒に僕らの子どもを絶対にさらしたくない」

ケリーの頬を涙が滑り落ちた。こんなことを私はめざしていなかった。二度とあのふたりと関わりたくないとどれほど望んだとしても、ライアンに苦痛を感じさせることだけは望んでいなかった。

「あのふたりの話はよそう」彼が静かに言う。「話したいのは僕らのことだ。ケル、僕を許してくれるかい？　また僕を愛することができそう？」

ライアンは立ち上がり、ステップを二段踏んで砂浜に下りた。ケリーの前でゆっくりと膝をつき、ケリーの手を求めた。

「君は以前ひざまずいて、信じてほしいと僕に懇願した。背を向けないでほしいと懇願した。今度は僕の番だ。僕は君に許してもらう資格はない。許してくれなくても責めたりしない。それでも僕は懇願する。君を愛してる。一緒に人生を歩みたい。ここで。この島で。過去の不幸から遠く離れた場所で」

「ふたりでここで暮らすの？」ケリーはささやいた。

彼はうなずいた。ケリーの手を包む彼の手が震えている。「この家を買った。病院も待機している。僕らの子どもには最高のケアを受けさせる。やり直したいんだ。今度はほんとうに。そのチャンスを与えてほしい。君に再び愛してもらうチャンスをくれないか」

長いあいだケリーの魂を苦しめていた悲しみが消え、その場所に生まれ変わった希望が――愛が――輝いた。今度はケリーは希望を押しつぶそうとはしなかった。自由に飛び立たせた。

ケリーは彼の顔を両手ではさみ、その頬に涙が流れているのを見て衝撃を受けた。

「あなたを心から愛しているわ」ケリーはとぎれとぎれに言った。「長いあいだ怒りながら過ごした。あなたなんて嫌いだと自分に言い聞かせてた。惨めになるくらい怒ってたわ。それがいつも重しとなって私にずっしりのしかかっていたの。もうそんなふうに生きていきたくない」

ライアンが目を閉じ、再び開いたとき、そこにはとてつもない安堵と、とてつもない弱さが見えた。ケリーは自分が正しい選択をしたと心から確信した。

「あなたに言ったひどいことを許してくれるなら、私も、私を信じなかったあなたを許してあげる」

「ああ、ケル」彼は苦悩のにじんだ哀れな声で言った。「君が言ったことはどれもこれも、僕が言われて当然のことだった。僕が君にしたことは許されないことだ。僕が自分を許せないのに、どうして君が僕を許せる？」

ケリーは身を乗り出して、両手に彼の顔をはさんだまま、彼にキスをした。

「あなたは私のために多くを手放した。家族。お友達。生まれ育った街。そして私が気に入りそうな美しい家を買ってくれた。それはあなたが私を愛してくれているからだわ。もしあなたを許さなければ、私はその愛を否定することになる。ライアン、私はあなたなしで……あなたの愛なしで生きていきたくない。もうこれ以上は。この半年は私の人生で最悪の期間だった。あんな苦しみは二度と味わいたくないわ」

彼はケリーを引き寄せた。息ができないくらいきつく抱きしめられたが、ケリーはかまわなかった。一緒になれたのだ。ついに。過去の心の傷も苦悩もなく。遠慮も障壁もなく。彼に、愛している、あなたを許す、と言ったとたん、世界の重みがすっと持ち上げられたようだった。ケリーはこれほど軽さと自由を感じたのは初めてだった。感じるのは……幸せだ。うれしくてめまいがするような幸せ。

「君を心から愛しているよ、ケル」彼はかすれた声で言った。「ずっと愛してた。愛するのをやめたことは一度もなかった。夜には君のことを考えてベッドに入り、君はどこにいるのか、幸せなのか、元気でいるのか心配していた。人を雇って君を捜してもらう口実をいろいろ作ったが、真実は、僕は君なしでは生きられないということだった」

ケリーはほほえみ、額と額を合わせた。「変えられないもののことでお互いにたたき合うのをやめて、一生愛し合って毎日幸せに過ごす契約をするのって、できると思う？」

「ああ」吐息交じりに言う。「できるよ」彼はほほえみながら体を引いた。その目が感情にあふれている。「結婚してくれ、ケル。いますぐに。もう一日だって待ちたくない。この僕らの浜辺で。君と僕と赤ん坊だけで」

「私たちの浜辺」ケリーはそっと口に出した。「その響き、とてもいいわ。それに、ええ、あなたと結婚します。今日も、明日も、そして永遠に」

ふたりは長いあいだ、浜辺に下りるステップにそのまま座っていた。ふたりが子どもたちを育てる浜辺。笑い、愛し、愛をどう誓ったかを思い出す場所。

太陽が水平線の下に沈み、海がたそがれの柔らかな色合いに染まるまで、ふたりは座っていた。そして月が昇り、銀色の光を海に散らすと、ライアンはケリーを抱き上げて砂浜に下りた。ふたりは、寄せる波の穏やかなメロディに合わせて踊った。

＊本書は、2012年12月に小社より刊行された
『憎いのに恋しくて』を改題し文庫化したものです。

忘《わす》れたい恋《こい》だとしても

2021年9月15日発行　第1刷

著　者　マヤ・バンクス
訳　者　藤峰《ふじみね》みちか
発行人　鈴木幸辰
発行所　株式会社ハーパーコリンズ・ジャパン
東京都千代田区大手町1-5-1
03-6269-2883（営業）
0570-008091（読者サービス係）
印刷・製本　中央精版印刷株式会社

定価はカバーに表示してあります。
造本には十分注意しておりますが、乱丁（ページ順序の間違い）・落丁（本文の一部抜け落ち）がありました場合は、お取り替えいたします。ご面倒ですが、購入された書店名を明記の上、小社読者サービス係宛ご送付ください。送料小社負担にてお取り替えいたします。ただし、古書店で購入されたものはお取り替えできません。

この書籍の本文は環境対応型の植物油インクを使用して印刷しています。

ISBN978-4-596-01261-6